姫様 | ??????
凄腕の竜騎士・シリルに命
れて以来、彼に対し
に想いを寄せている、
姫。ドラゴンに慕わ
リルを世界最高の
士だと信じている
「あの竜騎士様に……
もう一度お会いしたいです……」
S級ギルドを追放されたけど、
実は俺だけドラゴンの言葉がわかるので、
気付いたときには竜騎士の頂点を極めてました。
I've been kicked out of an S-rank guild. But only I can communicate with dragons. Before I knew it, I became the greatest dragon knight.

『ゴシュジンサマにだけ見せてあげる』
「何を？」
『あたしの秘密』

ルイーズはそう言って、家の反対側——
何もない野原の方を向いた。
そして、カッと目を見開く。
次の瞬間、彼女の口から三本の光の槍が、
前方に向かって撃ち出された。

シリル | Cyril

ドラゴンと"会話"する能力を隠し持つ、竜騎士の少年。業界最大手のギルドを追放されるも、気持ちを通わせたドラゴンたちとともに規格外な活躍をしていく

S級ギルドを追放されたけど、
実は俺だけドラゴンの言葉がわかるので、
気付いたときには竜騎士の頂点を極めてました。

三木なずな

ファンタジア文庫

3115

口絵・本文イラスト　白狼

CONTENTS

I've been kicked out of an S-rank guild. But only I can communicate with dragons. Before I knew it, I became the greatest dragon knight.

01．追放された竜騎士

立ち止まって、振り向く。
追放されたばかりのギルドの建物を見上げた。
大手ギルド『リントヴルム』。
今朝まで俺が所属していたギルドだ。
ここを、俺は追放された。
『道具に感情移入するようなヤツはいらん』
「……ふん」
俺は身を翻《ひるがえ》して、歩き出した。
道具に感情移入するようなヤツ、か。
俺は道具に感情移入をした覚えはない。
ドラゴンのことを、そもそも道具だと思っていないからだ。

☆

ドラゴン、それはもはや、日常生活には欠かせない大切な存在である。

約百年前に初めて人間の手によってドラゴンの繁殖に成功して以来、ドラゴンは生活の様々なシーンで使われてきた。

サイズと用途で、小型竜・中型竜・大型竜に分類される。

小型竜は小型と言ってもれっきとしたドラゴンで、人間よりも一回りも二回りも大きいことがほとんどだ。

それらはほとんどが人間や、少量の荷物の運搬に使われる。

戦争にも使われ、竜騎兵は騎馬兵の完全な上位存在になった。

中型竜にもなると一軒家くらいの大きさになって、まとまった貨物の運搬に使われ、物流の重要な役割を担《にな》っている。

大型竜はほとんどが固有名で有名になって、民生ではなく、軍の中核として使われる。

そしてサイズを問わず、きちんと教育したドラゴンを操ることができる人間を竜騎士、あるいはドラゴンナイトと呼ぶ。

その竜騎士が集まってできたのが竜騎士ギルドだ。

☆

ボワルセルの街中を歩いて回る俺。

頭上の空を、中型の竜が飛んでいった。

地面に落ちる影で、ドラゴンの種類を判別しつつ、見上げて答え合わせをする。

「ヴリトラ種か」

空を飛ぶことができて、竜騎士の命令にも忠実で我慢強く、スタミナに優れることから、主に長距離の貨物運搬に使われる種だ。

同じ中型のニーズヘッグ種と比べると、ニーズヘッグ種も命令には忠実だが、好戦的な性格をしているから、貨物ではなく「兵」の輸送として軍に重宝されている。

「わあ、お母さん見てみて、またドラゴンだよ」

「本当だね」

「かっこいいなあ、ぼく、将来は絶対ドラゴンナイトになる」

「頑張ってね」

すぐそばを歩く幼い子供と若い母親のやり取りを微笑《ほほえ》ましく感じた。

竜騎士は、子供の「将来なりたい職業ランキング」ナンバー1を数十年間独走し続けている。

特に男子だと二位以下をトリプルスコアで引き離すほどの大人気だ。

竜を乗りこなす姿がかっこいいのはもちろん、「実入り」という意味でも他の職業を遥《はる》かに凌駕《りょうが》しているからだ。

「おや？」

ふと、視線の先に小型竜と、そのパートナーであろう竜騎士の姿が目に入った。

背中に乗ってる竜騎士は手綱越しにドラゴンを操縦しようとするが、ドラゴンは嫌がって動こうとしない。

「こら、止まってないでちゃんと歩けよ」

「ガルルル……」

タラスク種の小型竜、たぶん賃竜だな。

客を乗せて目的地まで運んで、それで運賃をもらう商売だ。

それによく使われるタラスク種は小型ながら、特殊な歩き方で上下の揺れがほとんどなくて安定しているから、人間が乗っても快適な種だ。

そのタラスク種の小型竜が明らかに嫌がっている。

「何だってんだよ一体。急にどうしたんだ？　おい」

「ガルルルル……」

小型竜は低い、喉から出るうなり声を漏らした。

まったく命令を聞く様子がない。

竜騎士は困り果て、周りの人間は何事かとそれを遠巻きに眺めていた。

俺は近づいていった。

「あー、ちょっといいか？」

「え？　いらっしゃい！　すまないねお客さん、今コイツちょっと機嫌悪いみたいなんだわ」

「いやそうじゃない。その子、足を痛めてるぞ」

「え？」

「右の後ろ足だ」

「なに⁉」

男は小型竜から飛び降りて、俺が指摘した右の後ろ足の方に駆け寄った。

しゃがんで、小型竜の足元の様子を見る。

「何歩か歩いてみろ」

男は小型竜の足を叩《たた》き、右手を突き出して「サイン」を出した。

小型竜はうなり声を止めて、数歩、前に歩き出した。

「本当だ！　いつの間に」

歩いたことで、男もようやく小型竜の足の異変に気づいたようだ。

男は再度しゃがんで、小型竜の足元を見た。

俺も同じように見てみると、皮膚の色に隠れて気づきにくいが、ぶつけてうっ血したようなアザがあった。

「一体どこで……まったく商売あがったりだ」

「……」

「ああ、そこのあんた。同業者かい？　助かったよ」

「……いいさ、それよりもその子を大事にしてやってくれ」

「ああ」

男は頷《うなず》いたが、どこまで理解したんだか。

とはいえ俺にはどうしようもない。

『ありがとう』

「いいさ、お大事に」

小型竜と言葉を交わして、幸運を祈りつつ、この場を立ち去った。

☆

「あの子は落ち込んでるんです。今日一日くらいは休ませた方がいい」

「あははは、何を言い出すかと思えば。道具が落ち込んでるとか、聞いたこともないぞ」

「そんなことはない、ドラゴンだって――」

「道具に感情移入してるのか、お前。頭おかしいぞ」

「――ッッ！」

☆

子供のころから、俺は竜の言葉がわかった。

他の動物の声は普通の鳴き声にしか聞こえないが、なぜか竜の声だけは言葉として理解できる。

それがきっかけで、俺は竜騎士になった。

通常、竜を操縦するには、竜を調教して、ちゃんとしたサインやらなんやらを覚えて、指示を出す必要がある。

だが俺はそういう手段ではなく、竜と言葉を交わせるから、会話によって竜に「お願い」して動いてもらっていた。

それは普通の調教よりも「思うように動かす」という意味では優れていたから、俺は業界最大手である竜騎士ギルド『リントヴルム』にスカウトされた。

リントヴルムはSランクのギルドだった。

ギルドは所有しているドラゴンの数や功績によってランクが定められる。

Sランクは最上のランクで、合格基準が厳しい。

Sランクになるには、最上級依頼を三回連続「共同」で成功させるか、通算二回「単独」で成功させるかしないといけない。

リントヴルムはそれをクリアした力のあるギルドだったが、一方で徹底して竜を管理・使役するスタイルだったから、俺とは徹底的に合わなかった。

スカウトされてから一ヶ月経《た》たずに、俺は「使えない男」「意味なく反抗する男」と烙《らく》印《いん》を押されて、ギルドを追放された。

☆

一人で街の大通りを歩く。

今思い出しても腹が立つ。

完全に竜を「道具」だと言い切るあそこの連中には、ものすごく腹が立つ。

追放されたのはむしろ願ったり叶《かな》ったりだ。

あそことは、二度と関わらないと決めた。

のは、いいんだけど。

「仕事はしないとなあ」

ギルドを追放されたからには、野良《のら》の竜騎士として働かないといけない。

俺は街の中心――からほんのちょっと離れた庁舎にやってきた。

街の役所であるここでは、野良の竜騎士への依頼を集めて、振り分けている。

もちろん民間でもやってる人がいるにはいるが、そういう仲介屋には伝手《つて》がないのと、野良になったばかりで竜の一頭も「持ってない」俺にくれる仕事はない。

その分、役所に来る依頼だったら犯罪者でもなければ受けられるし、レンタル竜でもやれる仕事が多い。

庁舎に入って、一階ロビーの一角にある掲示板の前に立った。

掲示板には色々な張り紙があって、その張り紙に依頼が書かれている。

俺はそれを片っ端から見ていった。

その中で、一つ、面白そうなものを見つけた。

商人からの、生まれたての竜の調教、という依頼だ。

☆

街の南西にある、高級住宅街の一角。

その中の庭付きの屋敷の中、応接間で俺は屋敷の主《あるじ》である中年男と向き合っていた。

仕事の面接だ。

「初めまして、私はパトリック・フォルジェと申します」

テーブルを挟んで、パトリックが手を差し出した。

彼と握手をして、名乗る。

「シリル・ラローズです」

「シリルさん。さあどうぞ、おかけください」

握手の後、ソファーに座る。

パトリックが微苦笑しつつ切り出した。

「いやあ助かりました。こういう依頼なもんですから、あまり引き受けてくれる人がいなくて」

「そうですね、竜の操縦と調教は違いますので」

「そのようですね」

パトリックは微苦笑したまま頷いた。

「単刀直入に聞きます、どのように調教したいのですか?」

「息子へのプレゼントなんですよ」

「へえ?」

「子供が生まれたら、竜を飼うといいって商人仲間から聞きましてね」

「一時期流行《はや》りましたね、そういえば」

俺は記憶を引っ張り出した。

確かにそういう話があった。

子供と兄弟のように育った竜は、長い人生の中で大事な存在になって、情操教育にもいいしボディガードにもなるという話がある。

「それで竜を一頭購入して、何人かの調教師に頼んだのですが、何故《なぜ》か調教師の言うことをまったく聞かなくてね」

「それは珍しい」

「なので、現場にいる竜騎士の方にお願いしてみたらどうか……と思ったのですよ」

「そうですか、わかりました。早速ですが、その竜を見せて頂けますか」

「はい、こちらです」

パトリックに案内されて、応接間を出て、屋敷からも出て、庭にやってきた。

庭の一角に、鉄の鎖に繋《つな》がれている幼い竜がいた。

「タラスク種ですね」

「はい、さほど大きくならず、日常生活にも溶け込みやすい、と」

「そうですね、賃竜にも使われるくらいですから」

「なのにまったく調教師の言うことを……なんとかなりそうでしょうか」

「やってみます」

俺は竜に近づいていった。

竜は起き上がって、じゃらっと鎖を鳴らした。

「俺はシリルだ、あんたは？」

『妹に！　妹に会わせてくれ！』

「落ち着け、妹？　どういうことだ？　詳しく話を聞かせてみろ」

『あれ？　あんた……あたしの言葉がわかるの？』

「ああ」

『うそ……ああっ、だったら話を聞いてくれ。妹が一緒にいたんだ。でもあたしだけが買われてきたんだ』

「ふむ」

『頼む、妹と一緒にいさせてくれ。もしそれができたら何でも言うことを聞く』

「そんなに妹と一緒にいたいのか？」

『ああっ！　卵のときからずっと励まし合って、ずっと一緒だったんだ』

なるほど、それだと離ればなれになるのはつらいな。

俺は少し考えてから、聞いた。

「あそこにいる商人、あの商人の息子の子守をして、子供の言うことを聞けるか？」

『妹と一緒にいられればなんでもする！』

「わかった」

俺は小さく頷いた。

振り返って、パトリックの所に戻ってきた。

「どうでしょう、なんとかなりそうでしょうか」

「なりますよ。ただ」

「ただ？」

「あの竜、どこで買ったんですか？」

「え？　そりゃ竜商人から」

「でしたら、今すぐあの竜と一緒に入荷した竜が残っているかどうか調べてください。あの子の妹です」

「妹？」

「妹と一緒ならなんでも言うことを聞くと言ってますよ」

「言ってます？」

パトリックは疑わしげなものを見るような目で俺を見た。

「とにかくやってみてください」

「……わかりました」

☆

数時間後、一頭の竜が連れられてきた。

最初から繋がれていた竜より一回り小さい、タラスク種の雌の竜だ。

その竜は最初は嫌がっていたが、庭に繋がれている竜を見るなり――。

『おねえちゃん！』

と、駆け寄ろうとした。

だが、竜商人の部下が鎖を引っ張っているため、駆け寄ることはできない。

「離してやってください」

「離してやってくれ」

俺がパトリックに言って、パトリックが竜商人の部下に言った。

すると鎖から離された妹は姉に駆け寄った。

二頭の竜は、体をすりあわせて、本能丸出しのスキンシップをした。

『ああ！　よかった、もう会えないかって思ってた』

『お姉ちゃん！　お姉ちゃん！』

しばらくの間そうしていた。

「これは驚きました」

「たった二人の姉妹のようです」

「まるで人間のようですな」

「……」

俺は答えなかった。

その先の言葉を続けると、ギルドで追放されたときのような話になってしまうから。

パトリックは竜商人の部下と一緒に支払いなどの話をしに屋敷に戻った。

タラスク種の姉妹を見て、一緒にいさせた方がいい——ということは竜の言葉がわからなくても理解できたんだろう。

そこに残った俺に、竜が話しかけてきた。

『ありがとう！　妹を連れて来てくれて、本当にありがとう』

「いいさ」

『あんたの言うことならなんでも聞くよ』

「俺はいい。それよりもこの家の子供と仲良くしてやってくれ」

『そうだったね、うん、わかった！　妹と一緒にいられるのなら何でも言うことを聞くよ』

「ちゃんと言っておく。頑張れよ」

『うん！』

俺は二頭の竜をポンポンと叩《たた》いてから、パトリックの所に戻った。

☆

屋敷の玄関で、パトリックに見送られる俺。

「いやあ、本当にありがとうございます。あんなに従順になるとは驚きです。何人もの調教師にお願いして、匙《さじ》を投げられたのに。あなたはすごい人だ」

「それよりも、あの二人を引き離さないように。今はもちろん、成長しきった後に引き離すと、命令をまったく聞かなくなって大変なことになりますよ」

「ええ、ええ。わかってますとも」

頷《うなず》くパトリックから、俺は報酬を受け取って、屋敷を出た。

最後に、ちらっと庭の一角で体を寄せ合っている姉妹の竜を見て、少し和んでこの場を立ち去った。

☆

俺は最大手のギルドから追放された。

だけど、後悔はない。

竜の言葉がわかる俺は、竜の気持ちも当然わかる。

それがわかる俺は、これからも、ドラゴン・ファーストで生きていく。

そう、改めて決意したのだった。

02. 適材適所を見抜く

次の日、俺は再び役所にきた。

ロビーの掲示板の前で、依頼を眺めていく。

仕事をして、生活のための収入を得たい――というのも大事だけど、そろそろ「先」に繋がる仕事もしなきゃな。

その「先」に繋がりそうな仕事はないもんかと、掲示されてるものを片っ端からチェックしていく。

そんな俺の横で二人組が同じように掲示されてる依頼を見ていた。

「おっ、見ろよ。この依頼、結構報酬いいんじゃねえか?」

「どれどれ――よく見ろよバカ、これ、竜のコスト自前じゃねえか」

「あっ、本当だ……」

二人組はそう言って、その依頼から興味を失った。

どういう依頼なんだろう、と俺は逆に興味を持って、二人が見ていたヤツを見た。

その依頼は、手紙の配送だった。

役所に入ってくる依頼の九割は「運搬」で、残りの一割が「討伐」だ。

厳密に言えば一割にも満たないごく少数の「その他」が含まれるけど、そういうものは本当に少ない。

百件に一件あるかないかくらいだ。

この依頼は、手紙の配送——つまり「運搬」だ。

さっきの二人組の言う通り、報酬自体はいい。

しかし、ドラゴンにかかるコストは出さないと明記してあって、それがネックになっている。

今の俺のような——そしてたぶんさっきの二人組もそうだ。

野良《のら》の竜騎士は、自前の竜を持たないことも多い。

そういう場合、竜をレンタルして仕事をする必要があり、そのコストも入れないといけない。

それを入れると、確かに二人組が諦めた通り、美味《おい》しいとは言えない仕事になってしまうが。

「……やってみるか」

俺は、その依頼人の名前が気になった。

☆

昨日と同じ、街の高級住宅街にある屋敷にやってきた。

パトリックの屋敷よりも、更に一回り大きな屋敷。

敷地をぐるっと一周しただけで、淹《い》れたてのお茶が完全に冷めてしまうくらい、それくらい広い屋敷だ。

その屋敷の応接間で、俺は一人のお嬢様と向き合っていた。

見るからに上品なドレスに身を包み、尊大な態度でソファーに座っている。

ウェーブがかった金髪……は今まで見てきた「お嬢様」の十人中九人がその髪型で、流行《はや》りなのか伝統なのか、とにかく多い。

そして座って向き合っていても、身長が俺より一回り小さいのに、体を反らしてナチュラルに見下すような視線を向けてきている。

そんな、一目でわかるほどに地位と権力に甘やかされて育ったタイプのお嬢様だ。

この子が今回の依頼主、カトリーヌ・モリニエール嬢だ。

「今度は若い人なのね。大丈夫なの？」

「大丈夫だと思います」

「竜が使えるの？」

「はい」

「どれくらい？」

「それなりには」

ずけずけと質問をしてくるカトリーヌに、それなりの応答をした。

「ふーん、まあいいわ。別にあんただけに頼むわけじゃないしね」

「そうですか」

俺は小さく頷いた。

手紙の配送というのは——特に大事な手紙ならば、複数ルートから複数通同じものを出すのが当たり前なのだ。

離れた街に何かを届けるというのは実に難しいことで、手紙が確実に届くという保証はないから、そうするのは当然だ。

高額な依頼の報酬、それにきっちり複数通の手紙を出すというやり方。

依頼主の名前でにらんだ通り、大手の依頼主だ。

こういう仕事をこなして、「先」に繋《つな》げたいのが当面の目標だ。

「ではお尋ねします。どのようなお手紙なのでしょうか」

「なに？　詮索するつもり？」

「内容がわかった方が運びやすいです。速く届けられる可能性もありますし、機密ならいざというとき、隠滅も想定に入れなければいけませんから」

「ふーん、そういうものなのね」

カトリーヌ嬢はちょっと感心した様子で、納得した。

「いいわ。ラブレターなのよ」

「ラブレター」

「ブーケ男爵に送る、ラブレターの返事」

「男爵様と文通をしてる、ってことなんですね」

「そういうこと。場所はリボー。どれくらいで届けられる？」

「リボー」

俺は脳内にある地図を引っ張り出した。

目的地のリボー、そしてこの街ボワルセル。

その直線距離を頭の中で計算した。

「竜にもよるけど、一日で」

「へえ、速いのね。他の人はみな三日って言ってたのに」

「……」

「まあいいわ、届けられるならなんでも。じゃあ任せるわ」

カトリーヌ嬢は手元にある鈴を鳴らした。

すると使用人が一人入ってきて、トレイに載せた手紙をカトリーヌ嬢に手渡した。

カトリーヌ嬢はそれを受け取って、俺に差し出した。

「受け取りの証《あかし》を代わりにもらってきて、それでそれと引き換えに報酬を渡すわ、いいわね?」

「わかりました」

俺は頷いて、屋敷を出た。

☆

その足でボワルセルの街の東側にやってきた。

繁華街から離れたここには、何軒かの貸し竜屋がある。

その貸し竜屋に行って、竜をレンタルするつもりだ。

にしても、予想以上の依頼だ。

依頼主の名前を見たとき、モリニエール家の令嬢だと予想した。

モリニエール家なら、上手《うま》く行けば「先」に繋がる仕事になるかもしれないって思ったからだ。

もちろん繋がらないかもしれない。

だけど、こういうのは積み重ねだ。

物事の成功というのは、成功する可能性のある行動を繰り返して、どこかでその可能性を引き当てることだと俺は思う。

つまり動かなきゃ成功には繋がらないというわけだ。

今回の依頼にどれくらいの可能性があるのかわからないが、動かなきゃゼロなんだから、俺はこの依頼を受けた。

だが予想以上だ。

依頼主のモリニエール家だけじゃなく、届け先の男爵家とも繋がれる可能性がある。

たとえ低い可能性でも、可能性は可能性だ。

俺は、この仕事を全力で全うしようと思った。

そうして、『オーバーシード』という名前の貸し竜屋に入った。

カウンターがあって、眼鏡をかけた壮年の男がいる。

手元に視線を落として何かを読んでいたが、客である俺が入店したことで顔を上げてこっちを見てきた。

「いらっしゃいませ。お客さん、どのような子をお探しで？」

俺は店舗越しに「奥」を見た。

貸し竜屋というのは、その商売の性質上、表の店舗はただの飾りだ。

大事なのは店舗の奥にある、竜がいる「庭」である。

俺はそこを見た。

「ワイバーン種はいるか。速い子がいい。荷物はない。俺一人だ」

店の人に、要求をまとめて伝えた。

厳密には手紙という荷物はあるが、手紙は荷物として物理的に考慮しなくていいから、「ない」ってことにした。

「ワイバーン種でしたら三頭います。どうぞこちらへ」

俺は奥の庭へ案内された。

様々な竜がいた。

俺が来たことで顔を上げてこっちを向いた子もいれば、伏せたままでちらっと一瞥《いちべつ》しただけの子もいる。

もちろん、完全に無視する子もいる。

竜はそれぞれが違う性格を持っていて、当然こういうときも違う反応をする。

「あちらです」

「自分で見る」

「はい」

店の人はそこで止まって、ついてこなかった。

こういうことは多いから、向こうも慣れてるのだ。

普通の竜騎士は「会話」はできないにしろ、それぞれがそれぞれのやり方で、意思疎通できる扱いやすい子を選ぶ。

そしてそのやり方は、それぞれの竜騎士の秘密、メシのタネだ。

見られたくない人はかなり多くて、中には門外不出とまで言い切る竜騎士もいる。

貸し竜屋の人間ともなればそういう場面はよく見ているから気にしないのだ。

俺は三人のワイバーン種に近づいた。

『来たぞ来たぞ来たぞ』

『人間だー』

『さっきの人間より間抜け面《づら》だな』

繋がれている三人のワイバーン種は、結構いい性格をしていた。

「間抜け面とはひどいな」

『間抜け面なんだからしょーがないでしょ』

『あれ？　人間、おいらたちの言葉がわかるの？』

「ああ」

『ひゃー、めっずらしい』

『なに、ドラゴンに拾われて育ったわけ？』

「そういうわけじゃないけど」

俺は微苦笑した。

ごくごくたまに聞く、ドラゴンに拾われて育てられた子供の話。

もちろん俺はそういうのじゃない。

「それよりも仕事を一緒にしてほしい。手紙を運びたい。できれば速く。一番飛ぶのが速い子は誰だ？」

『速さならおいらだね』

『待て、手紙？　それはどういう手紙だ？　ラブレターか？　ラブレターなのか？』

「あ、ああ」

俺は気圧《けお》された。

ワイバーン種の一人のテンションが、一瞬で振り切れてびっくりした。

『どっちがどっちに送るんだ？　男と女どっちだ？』

「女から男だけど……」

『じゃあおいらがいく。そのかわり手紙はおいらがくわえて持ってく』

「え、いやそういう理由で……」

しかもくわえて、とか。

なんて、俺が困惑していると。

『でたでた。またかよ、このすけべえが』

『人間の雌の何がいいんだろうねえ』

『まあでも、こうなったらこいつ速いからなあ』

「……ほう？」

困惑していたが、ワイバーンたちのやり取りが引っかかった。

「こういうときだと、お前、速いのか」

『あったりめえよ』

「……わかった、じゃあよろしく」

俺は少しだけ考えて、「すけべえ」な子に頼むことにした。

竜も、色んな性格がある。

人間と同じで、性格とそれにマッチするシチュエーション次第で、普段以上の能力を出せる子がいる。

この「すけべえ」な子がそういうタイプみたいだ。

そしてそれは。

俺以外、誰もわからないし、できないやり方だ。

俺は振り向き、店の人のところに戻っていった。

「あの右側の子を貸してくれ」

「いいんですか？　速さなら真ん中の子の方が」

「いや、あの子でいい」

「わかりました」

店の人はちょっと首をかしげた。

真ん中の竜が速いと言っても、そのことをまったく考慮しない俺。

それを不思議に思ったようだが、説明してもしょうがないことだから、俺は黙ったままでいた。

その子と店を出て、背中にまたがった。

『手紙くれ、手紙』

「はいはい」

急《せ》かされたから、約束通り、カトリーヌ嬢の手紙を渡した。

『ヒャッハー、美少女の匂いだ！　手書きてがきテガキィィィ』

一瞬でテンションがＭＡＸを振り切った。

大丈夫なのかこれは——と思った次の瞬間。

俺は、雲の上の人となった。

☆

「すけべえ」な子はすごかった。

ワイバーン種というのは、小型種の内でも、短距離ながらも飛行能力を持つ種だ。

二つの場所を移動するのに、最短の距離は直線だ。

そして直線距離で移動するためには、空を飛ぶことが必要不可欠だ。

俺は最初から、最短距離の直線を移動する想定で、一日かかると推測して、それをカトリーヌ嬢に伝えた。

しかし「すけべえ」な子は速かった。

約束通りカトリーヌ嬢の手紙を持たせると、俺の想定を遥《はる》かに上回る速度でリボーに向かってくれた。

そして、半日で着いた。

半日で着いて、手紙を届けて、証《あかし》を受け取って半日で戻ってきた。

ちなみに手紙の中身だけ渡して、封筒はもらって「すけべえ」な子に渡した。

それで帰り道も半日で戻って来れた。

当初の想定の半分の時間で戻ってきた俺に、カトリーヌ嬢は大喜び。

「すごいわねあなた。また頼むわね」

「はい」

「そういえば名前は？」

「シリル・ラローズです」

「シリルね、覚えておくわ」

その言葉に、俺は心の中で密《ひそ》かにガッツポーズした。

予想以上の結果だ。

カトリーヌ嬢、そして多分その家と繋《つな》がりを持てたから、今回の仕事は文句なしの大成功だった。

03. 重役出勤オーケー

この日、役所に行って依頼を探す前に、まずは竜市場にやってきた。

竜市場は文字通り竜の売買をするための場所だ。

竜騎士の中には、いい竜は血統が大事だから、自前で繁殖育成をするのがいいと言うものと、血統などは関係なく後天的な調教が重要だから、買ってきてちゃんとしつければいいと言うものの、大きく分けて二つの派閥がある。

ちなみに割合としてはざっくり半々ってところだ。

その「買ってくればいい」派を相手に商売するのがこの竜市場だ。

俺は、近いうちに自前で竜を持たなきゃなと思って、下見に来ていた。

もちろん今は買えないから、店には入らないで、店先で見て、耳を澄ましている。

俺は、竜の言葉がわかる。

だから耳を澄ませるだけでも、他の竜騎士にはゲットできない情報をゲットできる。

竜は人間と違って腹芸はあまりしないけど、それでも一度「会話」をしてしまうと余計な思惑が入ってしまう。

人間なんてこっちの言うことがわからない。

そう思わせた状態の方が色々とわかる。

そんな感じで、店先に出ている小型竜を見ていった。

たまにいる中型はスルーした。大型はそもそも出てないから問題外。

小型に絞ったのは――純粋に懐《ふところ》事情がアレだからだ。

まずは小型竜を買う。

それで安定した仕事をこなして、金を貯《た》めて小型竜を増やすか、中型竜に手を出すか。

そんなことを考えながら、竜を物色していった。

ちなみに買うと決めたのは、やっぱり長い目で見たとき、自前の竜がいた方がいいからだ。

その日その日レンタルするとなると、長い目で見ると高くつくし、何よりちゃんと一緒にいて、信頼関係を育てていった竜の方が、より難しい仕事もできるってもんだ。

さて、いい子はいるかな――。

「あれ？」

四軒ある内の一軒の前で足を止めた。

ものすごい安い子がいた。

店先には張り紙が何枚も出されているが、その一枚だけ古びて、剝がれかかっている。

バラウール種の成体だ。

この店では他にもバラウール種を売っているが、その子だけ他の三分の一の値段だ。

訳あり品──ってことか？

にしても、相場の三分の一か……。

定価だったら手が出ないけど、三分の一くらいなら、前のギルドにいたときにちょこっと給料はもらってたし、それを吐き出せばぎりぎり足りる。

それに何より、剝がれかかっている張り紙を見て、何となく感情移入してしまった。

俺は店に入った。

「いらっしゃいませ」

ヒゲを蓄えた、線の細い店主が俺を出迎えた。

「竜騎士様ですね、どのような竜をお探しでしょうか」

「表に紙が貼られてるバラウール種の安い子。あれはどうしてなんですか？」

「ああ、あれのことですか」

店主は商売スマイルを維持したまま、ほんのちょっぴり困ったような苦笑いを混ぜて答えた。

「どこか体が悪いんですか」

「いえいえ、肉体的には至って健康。バラウール種としてはそうですね、中の上と言ったところでしょうか」

「ふむ」

なら三分の一の捨て値で売られるようなものじゃないな。

「端的に申しまして、やる気がないんですよ」

「やる気が？」

「ええ。命令を聞くときと聞かないときの差が激しくて。無理矢理に働かせることもできるのですが、能率が……」

「なるほど」

いやいや動き出したが、やっぱりやる気なさげなバラウール種の子の姿が頭の中に浮かび上がった。

なんというか、人間くさい子みたいだな。

「正直、オススメはできません」

「とりあえず見せてもらうことは？」

「いいですよ。こちらへどうぞ」

店主に店舗の奥に案内された。

ここも貸し竜屋と同じように、店舗の奥に広い庭のようなスペースがあるつくりだ。

その庭に何頭も竜がいて、ほとんどが鎖に繋がれている。

店主は庭の片隅に俺を案内した。

「どうぞ」

「ありがとうございます」

「ではごゆっくり」

店主はそう言って立ち去り、俺と竜を二人っきりにしてくれた。

貸し竜屋と同じ、いやそれ以上だ。

竜を「買う」ときの竜騎士は、レンタルするとき以上に自分のやり方で竜を選ぶから、売る側はそれを見ないように気を配ってくれる。

俺は店主を横目で見送りつつ、竜の方を見た。

バラウール種の子だ。

バラウール種は、小型竜の中でもモノの運搬によく使われる種だ。

高い速度は出せないが、背中が広く、持久力があって辛抱強い。

また竜の中でも珍しい草食種で、長距離移動でも草原と川があれば大丈夫だから、食糧の積載を考えないで済む便利な種として知られてる。

そのバラウール種の子は――伏せたまま目を閉じていた。

「やあ」

『……』

声をかけると、バラウール種の子は目を開けた。言葉を交わすまでもなくわかる、面倒臭そうにしてるときの目だ。

「話は聞いた。なんでやる気がないんだ？」

『……』

「話してくれないか？」

『人間に話してもしょうがないわよ』

「なんだ、女の子だったのか。話してもしょうがないなんて言わないでくれ。まずは話してくれよ」

『……なに、言葉がわかるって言うの？』

「そういうことだ」

バラウール種の子は目を見開いた。

ちょっと驚いたようだ。

『どうして人間にあたしの言葉がわかるの』

「それは今どうでもいいじゃないか。それよりも、なんでやる気がないのか話してくれないか。場合によっては力になるよ」

『……』

俺はバラウール種の子と見つめ合った。

しばらくして、彼女はゆっくりと口を開いた。

『寝てたいの』

「寝てたい？」

『一日に十二時間は寝たいの。寝ないと力が出ないから』

「それって一日の半分はってこと？」

『そう』

「それは珍しいな」

俺は素直に感想を口にした。

ドラゴンというのは、人間から見ればかなりのショートスリーパーだ。

一日に二時間も寝れば充分な種がほとんどで、更に一部の種になると寝たまま動けるな

んてヤツもいる。

中型竜のヤマタノオロチ種がまさにそれで、寝ながら移動できるから、超長距離運送や国境警戒などに重宝されている。

だから、十二時間は寝たいというこの子は普通じゃない。

が、なにもおかしくはない。

会話できるから、他の竜騎士よりも俺の方が強く実感している。

竜には、人間と同じように個体差がある。

性格によって細かく違うなんてのは当たり前で、時々白いカラスのように、種の中では異色な存在、という竜も結構存在する。

変人——いや変竜は意外にも多い。

人間に色々なヤツがいるのと同じように、竜もまた色々だ。

「じゃあさ、毎日ちゃんと十二時間寝かせてあげたら働いてくれる？」

『うそつき』

「うそじゃないよ。そんなことをするくらいなら他の子を選べば済む話だ。言葉がわかるんだから」

『……本当に一日の半分も寝てていいの？』

「ああ、そのかわりたっぷり寝た後はちゃんと働いてくれよ」

『いいわ、信じてあげる』

バラウール種の子は頷《うなず》いた。

俺は振り向き、店主を呼んだ。

「この子をください」

店主はゆっくりやってきて、ちょっと驚いた感じの顔で。

「いいんですか？　本当にやる気のない子なんですよ？　今はやる気があるのかもしれませんが」

「まあ、そこをなんとかして頂くってのが竜騎士の腕です」

「それはそうなんですが……訳ありなので返品はできませんよ」

「大丈夫です」

俺ははっきりと頷いた。

それで店主も俺の本気度がわかったようで、それ以上は何も言わないでくれた。

俺は一旦金を取りに家に帰って、ほとんど全財産を吐き出した。

ギルドを追放されてから初めての、自分の竜を手に入れたのだった。

☆

竜を連れて、街を歩いた。

まずは街外れの自分の家に連れて帰ることにした。

下っ端《したっぱ》竜騎士は、自前の竜を飼うことも考えて、街外れの土地が多く使える所に家を借りることが多い。

上級の竜騎士になると金も持ってるから、高級住宅街に庭付きの屋敷を持ったり、複数の竜を住まわせる専用の竜舎を持ったりもする。

俺も、この街にやってきたときは、そういうことを想定して、街外れにある広いだけのぼろ屋を借りていた。

まずはそこに戻ることにした。

竜を連れて街を歩いたが、竜騎士が竜を連れて歩くことはよくあるから、好奇心旺盛の子供以外、特に注目を集めることはなかった。

ふと、俺は思い出して、竜に話しかける。

「そういえば、名前はあるのか？」

『ないわよ』

「じゃあ俺がつけてもいいか？　名前はあった方が便利だ」

『いいけど、珍しい人間ね。人間って普通、あたしらを番号で呼ぶものなんじゃないの？』

「言葉がわかるんだから番号もなにもないだろ」

『なるほど』

バラウール種の子は納得した。

俺はあごを摘まみながら、腕を組んで考えた。

「ルイーズ、はどうだ？」

『ルイーズ……』

「だめか？」

『ううん、なんか変な気持ち。名前をつけられるのは』

「そう？」

『でも、悪くない』

「それは良かった」

どうやら名前を気に入ってもらえたみたいだ。

そうこうしているうちに人気《ひとけ》が少なくなって、街外れにある俺の家まで戻ってきた。

「ここが俺の家だ」

『あたしはどこで寝ればいいの？』

「家の裏に庭がある。外でもいいし、屋根がついてる小屋もある、好きなところで寝ればいい」

『わかった』

俺はまず、ルイーズを家の裏の庭に案内した。

庭とは名ばかりの、囲いもないただの荒れ地だ。

「わるいな、辺鄙《へんぴ》なところで」

『寝られればなんでもいい』

「本当に寝るのが好きなんだな」

『うん』

「だったらもう寝ていいぞ。今日はもうこんな時間だし、もう仕事もしないから」

『……ねえ』

「うん？　どうした」

『本当にいいの？』

「ああ」

俺ははっきり頷いた。

「ルイーズがそういう子だって納得して迎えたんだ、それでいい」

『……変な人間』

「よく言われる」

本当によく言われる。

竜と話すことができるからか、昔から変人扱いされることが多い。

というかそれが原因で、ギルドを追放されたし。

それはもう慣れてる。

『ねえ、ゴシュジンサマ』

「ゴシュ……ああ、ご主人様か」

聞き慣れない言葉だったから一瞬わからなかった。

「どうした、そんな呼び方して」

『そういう風に呼ぶんでしょ、人間は』

「まあそういうこともあるな」

『ゴシュジンサマにだけ見せてあげる』

「何を？」

『あたしの秘密』

ルイーズはそう言って、家の反対側――何もない野原の方を向いた。

そして、カッと目を見開く。

次の瞬間、彼女の口から三本の光の槍《やり》が、前方に向かって撃ち出された。

「……おお‼」

あまりにも予想外の出来事だった。

一瞬、何が起きたのかわからなくて思考が止まったが、その後に驚きと感動が追いついてきた。

「今のはなに？　なんでそんなことができるんだ⁉」

俺はまるで、子供のころ初めておもちゃを買ってもらえたときと同じくらい興奮した。

自分でもわかるくらい、鼻息を荒くしてルイーズに詰め寄る。

『わからない。気がついたらできた』

「気がついたらって……こんなにすごいことなのに⁉」

バラウール種のことはよく知っている。

たくさんのバラウール種の子を見てきた。たぶん百人くらいは。

でも誰一人としてこんなことができる子はいなかった。

明らかに種の力じゃない……これってすごいことだぞ。

『でも……』

ルイーズはちょっとシュンとした。

『これをすると、すごく眠くなっちゃう』

「ああ、だからそれでか」

俺はなるほどと頷いた。

なんでこんな力があるのかはわからないけど、力が大きい分、体力を消費する（だから眠くなる）というのは至極当然のことだった。

俺はクスッと笑った。

そんな俺の表情を見て少しホッとしたのか、ルイーズはさっきとはまたちょっと違う、真剣な顔で俺を見つめてきた。

『ゴシュジンサマが命令してくれたらいつでも使うから』

「ありがとうな、でも無理はしなくていいから」

『うん』

こうして、バラウール種のルイーズが、俺の初めての持ちドラゴンになった。

04. 姫様の救出

次の日の朝。俺は着替えた後、庭に出た。

庭の隅っこで、朝日を浴びながら、ルイーズが丸まって寝ている。

「ルイーズ」

『……』

ルイーズは無言で、丸まったまま片目だけ開けて俺を見た。

「仕事探しに行くけど、ルイーズはどうする？」

『……寝てる』

「わかった。午後くらいから仕事してもらうかもしれないから、それまでは寝てていいよ」

『……ん』

俺はルイーズを家に置いて出かけた。

言葉がわかって、こういうやり取りができるからこそ、わかることがある。

ルイーズはまだ、俺をちょっと警戒している。

さっきも、「寝てていいって言ってたけど本当かな」という、試しが語気の中から感じられた。

まあ、それについては本気で好きにさせてやるつもりだから、そのうちわかってくれるだろう。

俺はいつも通りの道を通って、街の中心に向かった。

街の中心からちょっとだけ外れた役所の庁舎にやってきて、一階ロビーの掲示板の前に来た。

さて、今日はどんな依頼があるかな。

ルイーズがいるんだから、運搬系の依頼があるといいな。

それを目当てに掲示板を見ていると。

「あっ、いたいた。ねえシリル」

「ん？」

声をかけられたので振り返ってみた。

そこには一人の少女がいた。

「えっと……ローズ、だっけ」

「うん」

少女――ローズはにこりと笑った。

彼女はこの庁舎で働いている職員で、掲示板に張り出されてる竜騎士への依頼を取り仕切ってる。

そこそこの年齢の職員が多いこの庁舎の中、一人だけ年頃の娘で、小口の依頼が多い掲示板関連の仕事を任されているみたいだ。

いつ会っても表情がはつらつとしていて明るく、役所よりは街の食堂の看板娘が似合っているような少女だ。

正直、彼女が看板娘ならその店をひいきにしたいとちょっとだけ思う。

「来るのを待ってたよ」

「俺を？」

「うん。シリルって、前にカトリーヌさんの依頼を受けたんだよね」

「ああ」

俺は小さく頷《うなず》いた。

「よかった。それでね、シリルにちょっと頼みたい仕事があるんだけど、いいかな」

「……よろこんで」

ローズは明言しなかったが、話の流れからして、カトリーヌ嬢から受けた依頼の仕事ぶりが評価されて、それで仕事が来たって感じだ。

こういう「先」の仕事を狙って、あの依頼を引き受けたんだけど、意外と早く実を結んでちょっと嬉《うれ》しくなった。

「詳しい話をするから一緒に来て」

「わかった」

俺はローズの後についていった。

いつも掲示板に張り出された依頼を引き受ける窓口の奥にある部屋に連れてこられた。

応接間のような部屋で、ソファーに座らされた。

「なんで俺なんだ？」

座るなり、まずはそれを聞いてみた。

話の流れで予想はついているが、はっきりと知っておきたかった。

「カトリーヌさんが褒めてたんだ、シリルのこと。あのお嬢様に満足してもらえた野良は少ないんだよ」

「そうなんだ」

俺は頷いた。

ちなみに野良《のら》って言うのは、今の俺のようなギルドに入っていない竜騎士のことを言う。

フリーとかその他にも色々な呼び方があるけど、一番通っているのが「野良」という呼び方だ。

「それを見込んでお願いしたい仕事があるの」

「わかった、どんな仕事なんだ？」

「人捜し」

「人捜し？」

俺は首をかしげた。

人捜しなんて、普通は竜騎士に振ってくる仕事じゃないけど……。

「もちろんただの人捜しじゃないよ」

ローズの表情が変わった。

それまでニコニコしてたのが、一変して真剣な表情に変わった。

「極秘の人捜し、だよ」

「それはまた……穏やかじゃないな」

「実は、姫様が行方不明になったの」

「姫様？」

俺は首をかしげつつ、聞き返した。

どういう姫様なのか、と。

もののたとえとしての姫様、ということもある。

例えばカトリーヌも、あのタイプの子はときとして「姫様」と呼ばれることもある。

もちろん本物の、「国」の姫様という可能性もある。

今回はどうやら本物の姫様――この国の王女を捜すという仕事のようだ。

「詳細を話してもらえるか」

「ヒムヤーっていう山を知ってる?」

「ヒムヤー……ここから北に少し行ったところの山か?」

「そこで姫様の車列が消息不明になったの」

「消息不明」

「昨夜のことなんだけどね、まだはっきりしてないし、今の段階で大事にしたくないから、とりあえずまずは状況が知りたい――ということなの」

俺は少し迷った、が。

「わかった。引き受ける」

この仕事を引き受けることにした。

☆

一旦家に帰って、たっぷり寝たルイーズを連れて、北にあるヒムヤー山に向かった。

道中、ルイーズに乗っていくことにした。

小型種だが、どっしりとした歩きで、楽なのはもちろん、かなり快適な道中だった。

だが、快適なだけじゃいられない。

俺は眉をひそめて考えごとをしていた。

あのとき、一瞬迷ったのは、姫様がもしかして「もう死んでいる」という可能性を考えたからだ。

状況はまったくわからないが、消息不明ということは、実は死んでいるという可能性も決して低くない。

そうなった場合、やっかいなことになる。

だが、もし姫様が生きていて、見つけ出して助けることができたら、カトリーヌ嬢の件とは比較にならないほどの実績になる。

だから、あの一瞬こそ迷いはしたが、俺はこの仕事を引き受けることにした。

そうこうしているうちに、山の麓に辿《たど》り着いた。

「ここか」

『ここで何をするの？』

「人を捜す。匂いを追えるか？」

『得意じゃないけど、人間よりはマシだよ』

「じゃあ頼む──これだ」

俺はそう言って、懐《ふところ》から封筒を取り出した。

姫様直筆の書状をローズから借りてきていた。

それをルイーズの鼻先にかざす。

ルイーズはクンクンと鼻を鳴らした。

「どうだ」

『いるよ』

ルイーズは即答した。

「もうわかるのか？」

『香料をつけてるみたいね』

「ああ、香水かな？　そういうのはつけてるだろうな」

『香料はきっついから。前に人間から聞いたけど、一滴を何十本もの花から搾り出して使うんでしょ』

「そうみたいだな」

その辺は俺も詳しくは知らないけど、何となく、というレベルで話を聞いたことがある。

『それを使ってるからすぐわかった』

「そうか、その匂いを追ってくれないか」

『りょーかい』

ルイーズはそう言って、俺を乗せたまま山道に入った。

普通に登ると下山するころにはヘトヘトになっていそうな険しい山道だが、ルイーズはすいすいと登っていった。

「にしても、お前すごいな」

『何が?』

「竜は鼻が効くって聞いたことがあるけど、こんなにすごいんだな」

『ふふん、たいしたことないよ』

ルイーズは上機嫌になった。

褒められるとすぐに喜ぶから、褒めがいがある子だ。

『ねえ、これって仕事なんだよね』

「ああ」

『上手《うま》くいったらご褒美《ほうび》ちょうだいよ』

「ご褒美？　ああ、いいけど。何か欲しい物でもあるのか？」

『寝わら』

「寝わら？」

『ちゃんと干してあって、ふかふかなのがいー』

「そうか。まあ、寝わらくらいいくらでも買ってやるけど――」

『本当⁉』

「うわっ」

よほど嬉しいのか、ルイーズがちょっと「跳ねた」。

いきなりのことで振り落とされそうになって、慌てて彼女にしがみついた。

「ちょっとちょっと、危ないからもっとゆっくり歩いて」

『本当に寝わら買ってくれるの？』

「買うから」

『よし！　じゃあちゃちゃっと捜し物かたしちゃお！』

「うおっ！」

ものすごくテンションが上がったルイーズ。

俺の抗議もどこへやら――って感じで、俺はフッと笑った。山道をものすごい勢いで駆け上がっていった。

彼女にしがみつきながら、俺はフッと笑った。

――道具に感情移入するヤツはいらん。

「……」

ふと、いやな言葉を思い出して、顔が自分でもわかるくらい強《こわ》ばった。

このやりとりも、あのギルドからすればあり得ない話だろうな。

が、俺はそうすることにしたのだ。

世の中のギルドの「普通」なんて知ったことか。俺は俺がやりたいように、俺のやり方で竜と付き合っていくんだ。

「うわっ！」

ようやく駆け上がるスピードにも慣れてきたと思ったら、今度は急ブレーキをかけられた。

危うく振り落とされそうになった。

「こ、今度はなんだ？」

『この下だよ』

「え？」

『匂いの持ち主はこの下にいる』

「この下って……」

俺は眉をひそめて、ルイーズから身を乗り出して下を見た。

そこは――崖だった。

「本当にここなのか――あっ」

乗り出して覗《のぞ》き込んだ俺は、十数メートル下に半壊している馬車を見つけた。

馬車の周りには何人もの兵士の格好をした連中が倒れてる。

中には、一目でもう転落死とわかる見た目の人もいる。

「あの中か？」

『うん』

「そうか。さて、どう降りるか――」

『降りればいいの？』

「行けるのか？」

『よゆー』

ルイーズはそう言って、まったく躊躇《ちゅうちょ》なく飛び出した。

崖のいくつかの出っ張り伝いに、するするする、と降下していった。
そして、数秒もしないうちに、馬車のそばにすとん、と降り立った。
俺はルイーズから降りて、馬車の前に立った。
封書を取り出した。
馬車と封書に、同じ紋章が刻まれていた。
間違いなく、これが姫様の馬車だ。
俺は周りを見た。
兵士たちがバタバタと倒れている。
ほぼ全員が手遅れな感じだ。
なら、姫様も？
俺はゴクリと生唾を呑んで、馬車の中を確認するために手を伸ばした。
馬車の幌《ほろ》に触れた瞬間——パチッッッ！
火花が散って、俺の手が弾《はじ》かれた。
「な、なんだ？」
『障壁だね』
「障壁？」

『取っちゃった方がいい？』

「……ああ、頼む」

『りょーかい』

ルイーズはそう言って、口を開いた。

口の先から光の槍《やり》が一本飛び出して、馬車を撃った。

光の槍が馬車に当たった瞬間、何かが割れて、ガラスが弾け飛んだような光景が見えた。

『取ったよ』

「ありがとう、すごいな」

『えへへ』

ルイーズは嬉《うれ》しそうにした。

俺はもう一度幌に手をかけた。

今度は弾かれることはなかった。

そして……中を見る。

中には、ドレスを着た、いかにもお姫様らしい少女がいた。

彼女は気を失っている――だけのようだ。

鼻先に指を当てる。息はしている。

さっと全身を見回す、大きな怪我《けが》とかはない。

「よく無事だったな」

『障壁に守られたんだろうね』

「……なるほど」

まだよくわからないけどそういうことか。

俺は姫様の頬を叩《たた》いてみた。

ペチペチと軽めに。

肩も揺すってみた。

すると、それが功を奏したのか。

「う……ん」

姫様がゆっくりと目を覚ました。

「私、一体……っ！　きゃあああ！」

目覚めた瞬間、俺を見た姫様は悲鳴を上げた。

「あなた、何者ですか！　無礼ですよ！」

「落ち着いてくれ、怪しい者じゃない。あんたの捜索に来たんだ」

「捜索？　……あっ」

「周り」を見た姫様が急速に落ち着いた。

兵士たちの死体を見て逆に落ち着くとは。

この姫様、中々のもんだな。

「そうでした、私……」

「状況がわかったみたいだな」

「私以外助かった者は？」

「いない……みたいだな」

俺は周りを見回した。

「あんたはこの馬車に助けられたみたいだな。周りの人はそうはいかなかったようだ」

「そうでしたか……」

「とにかくまずは助ける」

「待って、この人たちを――」

「場所は覚えてる。後で回収にくる」

「……わかりました」

姫様は観念して、俺の提案を受け入れた。

俺は彼女を馬車から連れ出して、ルイーズの前に連れて来た。

「竜、ですか」

「ええ。申し訳ないがこれに乗ってもらう。馬車ほど快適ではないだろうけど」

「いいえ、感謝します」

姫様は大人しくルイーズに乗った。

「二人運べるか？」

『寝わら』

「もちろんだ」

『まっかせて』

ルイーズはテンション高いまま応じた。

俺が飛び乗った後、ルイーズはそのまま歩き出した。

バラウール種特有の安定さが物を言った。

姫様を乗せても、乗り心地を心配しないで済む安定さだ。

そんな姫様は、俺を見つめていた。

まっすぐ見つめてくると思ったら……何故《なぜ》がぼうっとして、熱に浮かされたような瞳になっている。

そんな瞳のままぼうっと俺を見つめていた。

「どうかしたか？」

「――はっ！」

声をかけると、姫様はハッとして、顔を真っ赤にして逸《そ》らしてしまった。

逸らしはしたが、結局ちらちらと、赤い顔のまま俺を見つめてくる。

どうしたんだろ、いったい。

「姫様？」

「ご、ごほん！」

姫様はなんだかわざとらしく咳払《せきばら》いして、仕切り直した。

そして、頬に微《かす》かな赤みを残したまま、真顔で俺に話しかけてきた。

「あなたは竜騎士なのですね」

「ああ、野良《のら》のな」

「野良……ですか」

俺を見つめていた姫様は、なにやら難しい表情をした。

「それがなにか？」

「野良というのは……つまり？」

「ああ、ギルドに入ってない根無し草ってことさ」

「ギルドに入っていない……あなたほどのお方がなぜ？」

「うん？」

なんかものすごく買われてるぞ？

さっき出会ったばかりなのになんでだ。

それがわからなくて、俺はストレートに聞くことにした。

「俺ほどって……なんでそう思う？」

「この子」

姫様は乗っているルイーズの背中にそっと手を触れた。

「この子が、あなたを心から慕っている目をしていたから」

「……ふむ？」

「竜は初めてですが、他の生き物とそんなに変わりはありません。この子はあなたのことをすごく慕っています」

「そうなのか」

俺はルイーズを見た。

彼女は俺と姫様の会話には入ってこないで、スタスタと山道を進んでいた。

「竜に慕われるのが一流の竜騎士と聞いたことがあります」

「まあ、それは」

そんなに間違いでもない。

「そんな一流の人が、どうして野良？　なのか」

「……色々あるのさ」

「はあ……」

そうなんですね、と姫様は不思議そうに呟《つぶや》いたのだった。

☆

俺は姫様をボワルセルの街までつれ戻って、役所まで案内した。

話を聞いて、庁舎の中から出てきたローズはびっくりしていた。

「もう見つけたの？」

「ああ、姫様だ」

「この人――じゃなくてこの方が？」

ローズは姫様を見てびっくりした。

格好とかたたずまいとか、見るからに「お姫様」って感じだから、ローズはすぐに受け入れた。

「ちょ、ちょっと待って。上の人を呼んでくる」

そう言って、ローズは慌てた様子で庁舎の中に駆け込んだ。

どうやら、予想よりも早く解決できたみたいだ。

それなら報酬はもちろん、評価もまた上がるかな。

そんなことを思っていると。

「あの……」

横から姫様が話しかけてきた。

「本当にありがとうございました。なんとお礼を申し上げればよいのやら」

「ちゃんと役所から報酬はもらうから、お気になさらず」

「そうですか……あの、これを」

姫様が懐《ふところ》から一枚のハンカチを取り出して、俺に差し出してきた。

俺はそれを受け取って、まじまじと見つめる。

「これは……」

「これをお持ちください、私の紋章をあしらっております」

「ああ」

もう一度見ると、確かに封書や馬車と同じ紋章がそこにあった。

「なにかあったらこれを使って私の所をお訪ねください。できる限りお力になります」

「……ありがとう……ございます」

俺はそう言って、恭《うやうや》しく頭を下げた。

どうやら仕事のボーナスとして、姫様との繋《つな》がりを持てたようだ。

05. ドラゴンとスライム

姫様が本物だと確認されたあと、役所からすぐに報酬が支払われた。

額は1000リール。

ルイーズを買ったときの値段の倍近い額で、大人の男性が大体一ヶ月くらいでようやく稼げる額だ。

さすがに報酬は美味《おい》しいな、そう思って金を懐にしまった。

庁舎の外で、ルイーズが話しかけてきた。

『寝わら買お』

「いや」

『ちょっと、約束だったよね』

「そうじゃなくて、この額だったら寝わらよりもいいものが買えるぞって意味だ」

『寝わらよりもいいもの？』

俺の言葉を聞くと、ルイーズの瞳は輝き出した。

『それってどういうもの？』

「ちゃんとしたものだ。とりあえず店に行こう」

『うん！』

俺はルイーズに飛び乗った。

彼女の背中から道を指示して、竜市場の近くにある竜具店にやってきた。

竜具店というのは文字通り竜の道具を扱う店だ。

日常用品から仕事道具、果ては、普通はどうでもいいような竜が好むおもちゃ類など、何でもござれな雑貨屋だ。

『へえ、こんなところがあるんだ』

竜具店に来るとものすごく興奮する竜もいるが、ルイーズはそういうタイプじゃなかったようだ。

彼女はガラス越しに様々な道具を見て察したのか、興奮するよりも感心していた。

「あの黒いドアの店に入ろう」

『わかった』

ルイーズは俺の指示に従って、黒いドアの店に入った。

竜具店は多くの場合、小型種くらいなら入れるように、扉を大きく作ってある。

これが竜市場と違うところで。

竜市場は竜の売買をしているが、竜の出入りに正面の扉を使うことはほとんどない。

普段、竜は裏の庭にいるし、売買が決まったらこれまた裏にある出入り口から出ればいいだけだ。

対して、竜具店は竜も「客」である。

客であるのなら正面から出入りするのが普通だから、そのためにドアを大きく、入り口を広くすることが多い。

この店「シャドーロール」もそういうタイプの店だ。

俺はルイーズの背中から飛び降りて、一緒に店の敷居をまたごうとした——そのとき。

「なんだ、シリルじゃねえか」

俺の名前が呼ばれたから、振り向いた。

そこには一人の男がいた。

男はにやにやした、悪意をべったり塗りたくったような顔でこっちを見た。

「ルイか」

そいつは前にいたギルド「リントヴルム」の竜騎士だった。

「びっくりしたぜ？　戻ってきたらお前がいなくなってるんだもんなあ」

「ご愁傷様だったな。どうだ、俺が口をきいてやろうか？　リントヴルムに戻れるようにって」

「……そうか」

「そんなことをしてくれるのか？」

戻るつもりはさらさらないが、それでもルイの申し出に驚いた。

「ああ。まあもちろん？　こだわりは捨ててもらうがな」

「こだわり？」

「お前、テクニックだけはあるんだから、ドラゴン・ファースト？　とかいうこだわりを捨てればうちでやり直せないこともないぜ」

「……ふっ、そうか」

俺は肩をすくめて、笑った。

「だったらお断りだ。そのこだわりを捨てるつもりはない」

「おいおい、強情を張るなよ。今どき一人じゃ何もできないぞ」

「やれるだけやるつもりだ」

「お前なあ」

『ねえ、なんの話をしてるの？』

俺とルイの会話に、ルイーズが割り込んできた。

「ん？　ああ、お前の十二時間睡眠をやめさせろ、って話」

厳密にはルイーズ個人の話じゃないけど、まあそういうことだ。

『なんですって！　がるるる……』

それまで竜具店にウキウキしていたのが、一変、歯を剝《む》いてルイを威嚇し出した。

「な、何をするんだ」

「何もしてないぞ」

「お前の竜だろ、やめさせろよ」

「何もしてないぞ？」

俺は同じ言葉を繰り返した。

「俺が何かサインでも出したか？」

「うっ」

ルイは言葉に詰まった。

サイン。それは通常、竜騎士が竜に命令を出すときの仕草のことだ。

調教を通して、こういうサインだったらこうしろ――というのを竜に叩《たた》き込むのが普通の竜騎士だ。

もちろん俺はそれをルイーズにしてないし、今もサインを出してない。

ルイも性格は悪いが、そこは一流の竜騎士ギルド、リントヴルムの人間だ。

サインを出しているかどうかは見逃さない。

「ちっ」

俺が何もしてないとわかったルイは、忌々《いまいま》しげに吐き捨てた。

「お前はいつもそうだ。いったい何の魔法を使ってるんだか」

「竜を大事にしてるだけだ」

「はっ」

ルイは更に鼻で笑ってから、俺を見下しきった目と表情を浮かべて、立ち去った。

『なにあいつ』

「なんだろうなあ」

俺は肩をすくめた。

思想が噛《か》み合わない奴《やつ》らだ。気にしてもしょうがないだろう。

「さて、入るか」

『うん！』

気を取り直して、ルイーズと一緒に店の敷居をまたいだ。

「いらっしゃいませ」

店に入るなり、すぐさま店員がやってきた。

まだ二十代前半くらいの青年で、雰囲気からして雇われの店員ってところか。

「バラウール種ですね。今日はどのようなものをお探しでしょうか」

「寝具を探してるんだが」

「それでしたらこちらへどうぞ」

俺たちは店員に案内されて、店の奥に入った。

店、とはいうが、この「シャドーロール」は他の竜具店と同じく、ストレージに近いスタイルを取っている。

天井は三階建ての建物と同じくらい高く、中は開けている。

棚と簡単な仕切りで、商品のジャンル分けがされている。

小型竜なら中を歩けるようなつくりだ。

店員に案内されて、奥の寝具コーナーにやってきた。

そこには様々な寝具があった。

サイズも形も人間用のものとはまったく違って、ドラゴン用に作られているものばかりだ。

『わあああ』

ルイーズは興奮し出した。

そのまま寝具に飛びつき、その上に寝っ転がった。

「ああっ。すまない、いきなり」

「構いませんよ、ここにある物は実際にお試しいただくためのものですから」

「そうなのか」

そう言われて俺はちょっとホッとした。

『あっ、これいい』

ルイーズのそんな言葉が聞こえて、彼女の方を見た。

すると、彼女が寝そべっている「ベッド」が目に入ってきた。

「あれは……スライムベッドか」

「その通りでございます」

スライムベッド、モンスターのスライムから名前が来ている。

スライムのようにぷよぷよしている、水色のでっかい塊だ。

スライムのように、一つの塊だけど弾性があって、上に乗っかるとほどよく沈んで全身にジャストフィットして最高の寝心地らしい。

別名「人をダメにするベッド」、あるいは「ウォーターベッド」と呼ばれている。

ちなみに本物のスライムを使っているわけじゃなくて、それっぽく作られているだけだ。

『これすごくいい』

「ふむ」

『これすごくいい』

ルイーズは同じ言葉を繰り返して、スライムベッドの上でゴロゴロした。

「気に入ったか」

『うん！　寝わらよりもずっときもちいー』

「ふむ……これはいくらくらいするんだ？」

俺は振り向き、店員に聞いた。

店員は俺とルイーズのやり取りを見ているが、今のはルイーズの言葉がわからなくても、上機嫌でごろごろしてる姿を見ただけで竜の気持ちがわかるだろうから、特になにも言われなかった。

「こちら１２００リールになります」

「１２００か」

俺はルイーズの方を向いた。

「それでいいのか？」

『ほしい！　……でも、お金、足りないんじゃないの？』

「大丈夫だ、少し足は出ちゃうけどな」

『そっか──ありがと！』

たしかにさっきもらった1000リールの報酬だけではちょっと足りないけど、ここ何日かはルイーズと仕事しているから、その分の蓄えがある。

一気にまとめて吐き出すか。ルイーズが気に入ったのなら。

「じゃあこれにする」

「ありがとうございます……それにしても不思議ですね」

「不思議？」

俺は首をかしげて、店員を見つめ返した。

「いえね、竜に話しかけている竜騎士の人は結構いるんですが、本当に会話が成り立ってるように見える人は初めてですよ」

「ああ」

その感覚はわかる。

竜を「犬猫」と置き換えれば、俺も他の人には同じことを思っている。

犬猫に話しかける飼い主は多いが、本当に会話が成り立ってるように見える光景はあまり見たことがない。

「家族として接すれば自然とわかるもんだ」

俺はそう言った。

俺はいつもこう言ってる。

家族のように接している。そして竜と話すことができる。

いつも言ってるけど、あまり本気にされたことはない。

まあ、それはいいや。

俺は店員と一緒にカウンターに行って、ほとんど全財産と言える1200リールを吐き出して、ルイーズのベッドを買った。

「配送はどうなさいますか」

店員はちらっとルイーズの方を見た。

バラウール種の子だから自分で運ぶのか？　って顔だ。

「どうするルイーズ、送ってもらう？　自分で運んでいく？」

『運んでいく』

「自分で持って帰ります」

「わかりました」

そして、ルイーズの背中にスライムベッドを積んで、店の外に出た。

店の外に出ると、それまで興奮していたルイーズが、急に神妙な態度をとりだした。

『……ねえ？』

「ん？　なんだ」

『本当にいいの？　これ』

「なんで？」

『今さらだけど、すっごいわがまま言ってるって気づいたから』

「はは」

俺は笑った。

笑いながら、ルイーズの顔をポンポンと叩《たた》いた。

ドラゴンの図体《ずうたい》はデカくて、鱗《うろこ》や皮膚も人間より硬いから、思いっきり叩くくらいでようやく撫《な》でているくらいになる。

普通に「撫でる」と、ドラゴンには「フェザータッチ」になってしまう。

「気にするな。そういう約束だからな」

『うん――ありがとう、ゴシュジンサマ』

ルイーズは、嬉《うれ》しそうに笑ったのだった。

06. 姫様のボーナス

一仕事を終えて、ルイーズに乗って役所の庁舎まで戻ってきた。

正門前で止まって、ルイーズの背中から飛び降りる。

さくっと報告をして――。

『……』

「ルイーズ？」

『……』

ルイーズの様子がおかしかった。

呼びかけたけど、返事はなかった。

「どうしたルイーズ」

『……眠い』

「え？　ああ」

なるほど、と思った。

よく見たら、ルイーズの目が半分閉じている。

その顔は子供が寝落ちする直前の顔そのものだ。

仕事がちょっと長引いたからな、しょうがない。

「我慢してくれ——いや」

そう言いかけて、止《や》めた。

寝る、というのはルイーズとの約束だ。

それは破っちゃいけない、というか、寝たいのを我慢させて文字通りむち打って働かせるのは良くないことだ。

俺は少し考えて、言った。

「ルイーズ、家まで一人で戻れるか？」

『かえれりゅ』

もうほとんど寝落ちしかかってるな。

「じゃあ先に帰っていいぞ」

『いーの？』

「ああ、今日はお疲れ様」

『……ん』

ルイーズはそう返事して、のっし、のっしと家のある方角に向かって歩き出した。

これが犬猫だったり、あるいは子供だったりしたら一人で帰すのは心配だが、ルイーズはドラゴンだ。

何も起きないだろうと、そう思ってルイーズを一人で帰らせた。

これもまあ、俺だからできることだ。

他の竜騎士だと、寝かかっているドラゴンを一人で帰すことなんてできない。

俺には言葉の力がある。

言葉で意思の疎通ができるから、先に帰って寝てていいよ、なんて言うことができる。

言葉が通じるからこそだ。

「……連中は言葉が通じてもやらないだろうけどな」

俺はフッと笑った。

リントヴルムの連中はドラゴンを道具としか思っていない。言葉が通じててもこんなことはしないだろうな。

「……ん」

ふと、頭の中に一つのアイデアが過《よぎ》っていった。

一瞬のスパーク。

白い光が脳内を切り裂くほどの勢いで駆け抜けていった。

なんだ？　今のアイデアは。

何を思いついたんだ？

「あっ……」

必死に思いついたアイデアをたぐり寄せて、はっきりとした形で脳裏に思い浮かべた。

その光景を――想像する。

うん、いける。

いけるぞ。

それはまさに次のステージにあるやり方だった。

だが……そのためにはレンタルのドラゴンじゃダメだ。

レンタルはあくまで借りもので、借りてる間はそのドラゴンに「ついて」ないといけない。

そういうルールだ。

だから――自分のドラゴンじゃないといけない。

「新しいドラゴンがいるな……」

俺は呟き、さてどうしたもんか、と考えたのだった。

☆

竜商人の所にやってきた。

前回と同様、線の細い商人が俺を出迎えた。

「いらっしゃいませ……おや」

「どうも」

「先日はありがとうございました。あの子は元気ですか？」

「ああ……ん」

頷《うなず》きかけて、違和感を覚えた。

あの子は元気ですか、と言ったときの店主の顔は、何かを念押ししているような感じで、迫力があった。

こんなやり取りで出す表情じゃない。

少し考えて、気づいた。

「違います。苦情とか返品とか、そういう話じゃありません」

俺は弁明した。

ルイーズは「訳あり品」だ。

実際に買ったときも、そうだから返品はできないぞ、と念押しをされた。

つまり、店主は俺が難癖をつけに来たか、それに近いことをしに来たと思ったから、笑顔の下にそういうのをにじませていたんだ。

「いえいえ、そんな滅相もございません」

そうは言うが、明らかに空気が変わった。

やっぱりそう思ってたじゃないか——とは、言わないでおいた。

「あの子は元気ですよ」

「それは何よりです」

「今日来たのはあの子のことじゃなくて——もう一頭、ドラゴンが欲しいんです」

「それはそれは」

「また掘り出し物はないですかね」

「そうですなあ」

店主はあごを摘まんで考えた。

そう、それなのだ。

今の俺にはそんなに金がない。

全財産をかき集めて、数百リールってところだ。

普通の大人一人が一ヶ月に稼げるのが大体1000リールって言われてて、サンドイッチ一つが1~2リールくらいの金額だ。

切羽詰まってるほどじゃないが、ドラゴンを買うほどの蓄えはない——というのが現状だ。

だから、ダメ元で掘り出し物はないかと聞いてみた。

店主は少し考えた後。

「そうですねえ、あの子みたいなのは、なかなか」

「そうですか」

俺は苦笑いした。

まあ、そうだろうな。

店側にとって「訳あり品」なんて、そうそうでるものじゃない。

ルイーズと出会えたのはラッキーなのだ。

だからあまり気落ちはしなかった。

「もしも何かあったら、ここに連絡してください」

俺はそう言って、懐《ふところ》からあらかじめ用意していたメモを取り出そうとした。

ここに来ても掘り出し物はないだろうと予想はしていたから、あったときのための連絡先を渡す、のが目的だった。

そう思ってメモを取り出したのだが。

「あっ」

一枚の布が落ちた。

ヒラヒラと舞うようにして床に落ちたのは、姫様からもらったあのハンカチだ。

床に落ちたハンカチを見て、店主は。

「そ、それは」

何故《なぜ》か驚いた。

「どうかしましたか？」

ハンカチを拾い上げつつ、聞く。

「その紋章は、もしかして王女殿下の？」

「え？　ああ、そうです」

俺は頷いた。

「ちょっと前の依頼で姫様を助けたんです。そのときにいただいた物ですよ」

「――っ！」

店主は何故かまた驚いた。

俺はハンカチを見た。

これは……姫様との繋《つな》がりで、いつか姫様に連絡を取るためのものだと思っていたが。

なにか他にも効果のあるものなのか？

「王女殿下がお渡しになった……」

「……？」

「……お客様」

数秒間、うつむき加減で思案顔をしていた店主は、パッと顔を上げて俺を見つめた。

「掘り出し物は今のところございませんが、もしよろしければ」

「？」

「分割払い、等《など》は如何《いかが》でしょうか」

「分割払い？」

「ええ」

「いいんですか？」

「ええ、もちろん。お客様でしたら」

店主は前のめりだった。

ルイーズの話を出してきたときとは、違う意味の前のめりだ。

あのときは拒絶。
しかし今は、明らかにすり寄ってきている。
どういうことだ？
……ああ。
少し考えて、すぐにわかった。
俺と同じなんだ。
俺は、依頼をこなして、「上」との繋がりを持とうとした。
そういう繋がりが、上のステージの仕事を持ってきてくれるからだ。
そしてそれは、この店主にとってもそうだった。
俺は姫様と繋がってる。だからその俺と繋がりを持っていたい。
そのために便宜を図ってくれる、というわけだ。
俺はハンカチをちらっと見た。
遅れてやってきたけど、姫様を助けたボーナスの報酬だ。
そう思って――。
「じゃあ分割でお願いします」
ありがたく受け取ることにした。

07．竜の胃袋

「ではこちらへ」

店主と一緒に、店舗の奥の庭に出た。

ルイーズと出会った時の庭だ。

あのときは「訳あり品」目的だったから一直線にルイーズの所まで連れて行かれたが。

「どうぞ、自由にご覧ください」

店主はそう言って、俺を自由にさせた。

俺はぐるっと見回しながら。

「ムシュフシュ種はいますか？」

と、店主に聞いた。

「ムシュフシュ種……四つの胃袋を持つあれですかな」

「そうです」

「ええ、一頭ございます。こちらへ」

そう言って、先に歩き出した店主の後についていった。

ムシュフシュ種というのは、店主が真っ先に特徴を挙げたように、四つの胃袋を持つ小型種だ。

小型種でありながら、体に弾性があり、状況次第では「準」中型種のサイズまで膨らむことがある。

胃袋の中に物がたまっていると体がそれに応じて膨らむのだ。

胃袋、とはいっても、四つの内三つまでは消化には使われない。

人間で言う腸なども繋がっていない。

行き止まりの胃袋。しかも消化機能はなし。

つまるところ貯蔵室ってわけだ。

クマなどの生き物が脂肪を大量に蓄えて越冬するのと同じように、ムシュフシュ種は三つの胃袋の中に大量の食べ物を蓄える。

そういう種だ。

その、ムシュフシュ種の前に連れてこられた。

サイズはルイーズよりも一回り小さいってところか。

だけどこれが三つの胃袋をフルに使うと、ルイーズの数倍にも膨れ上がる。

まるで風船のような種だと俺は思っている。

「この子です」

「ちょっとの間二人っきりにしてもらえますか？」

「もちろんです」

店主は頷《うなず》き、引き返して俺たちから距離を取った。

ルイーズのときと同じで、竜騎士の秘密に聞き耳を立てない、という竜商人のよくある動きだ。

立ち去ったのを見て、ムシュフシュ種の子の方に振り向く。

「やあ、俺の名前はシリルだ」

『……』

「君は女の子かな？」

『……』

まずはとっかかりとしての当たり障《さわ》りのない質問をするが、ムシュフシュ種の子はこっちを冷ややかな目で見るだけで返事をしない。

「返事してくれないと困るんだけどな」

『返事って、人間に返事してどうするのよ。ばっかじゃないの？』

「そんなこともない、言葉がわかる人間だっているんだ」

『はあ、そんなのいるわけないじゃん——って、えええ⁉』

　ムシュフシュ種の子は言いかけて、びっくりした目で俺を見た。

『何、今の……言葉がわかるの？』

「そういうことだ」

『うそ！　なんで？』

　俺はにこりと笑った。

　こういうやり取りはいつものことだから、慣れたもんだ。

「生まれつきそうなんだ。ちなみにドラゴンに育てられた訳じゃないからね」

『信じらんない。そんなことってあるの……』

「目の前の俺がそうだ」

『……』

　ムシュフシュ種の子は目を剝《む》いて言葉を失った。

　沈黙、という意味ではさっきと同じだったが、さっきまでの無関心とは違って、今は俺に強い関心を持っている。

「それよりも、まずはさっきの質問に答えてよ。君は男の子？　それとも女の子？」

『何言ってんの？　メスに決まってるじゃん』

「女の子なんだ」

　俺はふっと笑った。

「俺は君を買おうと思うんだけど、どうかな」

『はあ？　買えばいいじゃん』

「いいの？」

『ここまで来て何言ってんの？　ダメって言ってもどうせ無理矢理そうするじゃん。人間なんてみんな最低のケダモノよ』

「俺は普通の竜騎士とちょっと違うんだ」

『嘘《うそ》よ』

「話をして、納得して来てほしいんだ。だって言葉がわかるからね」

『言葉が……』

　ムシュフシュ種の子はその言葉を舌の上で転がすようにじっくり吟味しながら、俺を見つめた。

「うん、言葉がわかるから、いやいや来られると毎日が悲しくなるからな。だから、話をして、納得した上で、一緒に来てほしいんだ」

『そんなこと言ったって、どうせ最後は無理矢理するに決まってるもん』

「しないよ。君がいやって言うのなら残念だけど諦める」

『え？』

「でも、できれば納得して一緒に来てほしいな」

『な、なんでよ』

「君と話してて楽しくなりそうだし、それに可愛《かわい》いし」

『なっ――』

ムシュフシュ種の子はびっくりして、言葉に詰まった。

『に、人間が何言ってんのよ』

「あっ、もしかして可愛いって言われるの嫌いだった？　綺麗《きれい》って言った方がいいのかな」

『きっ――』

またまた絶句したムシュフシュ種の子。

彼女は難しそうな顔をして、目を剝いて俺を睨《にら》んできた。

「どうかな。ダメならダメって言って。無理強いはしないから」

『べ、別にダメなんて言ってないじゃん！』

「そう？　じゃあ、一緒に来てくれる？」

『……』

ムシュフシュ種の子はしばらくの間、俺を見つめてから、真顔で聞いてきた。

『一つだけ条件がある』

「なに？」

『あたしに番号や名前をつけないで』

「つけないで？」

そりゃまた奇妙な条件だな。

「なんで？」

『もうあるから、名前が』

「あるんだ」

『うん、卵の中にいるときにつけてもらったのが聞こえた、あたしの名前があるの』

「そうなんだ。そういうことなら、うんわかった」

『いいの？』

「だってもうあるんでしょ、名前。どんな名前なの？」

『……コレット』

「コレットか、いい名前だ」

俺は頷きつつ、ムシュフシュ種の子――コレットを見つめた。

「コレット、一緒に来てくれる？」

『……』

コレットはまたしばらくの間、俺をじっと見つめてから。

『ふ、ふん！　しょうがないから、特別に一緒に行ってあげる』

「そう？」

『勘違いしないでよね！　別にあんたのことを気に入ったとか、か、可愛いって言われたからとかじゃないんだからね！』

「うん」

『コレットって呼んでくれたから！　他の人間だと勝手に番号とかを押しつけてくるから、それがいやなだけなんだからね！』

「ああ、わかってる」

どうやら、彼女にとってその名前はかなり大事なものみたいだ。

だったらこの先、何があろうとコレットって呼ぶだけだ。

と、いうか。

最初から名前がある子をその名前で呼ぶだけだから、簡単を通り越して当たり前のことだ。

「じゃあ決まりだ」

俺はそう言って、店主を呼んだ。

話がまとまったとわかった店主は、ニコニコ顔で向かってきた。

「コレットをもらっていきます」

「もう名前をつけられたのですか」

「いや、彼女の最初からある名前です」

「……なるほど、さようでございましたか」

店主は深入りしてこなかった。

最初の圧といい、実は結構なやり手なのかもしれないと一瞬思った。

「では、このままお連れください」

「支払いは？」

「分割払いで結構ですので、後日明細をお届けいたします。お支払いはいつでも大丈夫ですので」

「そうですか、ありがとうございます」

これも姫様と繋《つな》がりを持ちたいから――俺も狙っていたことで、店主の気持ちはすごくわかるので、余計なことを言わないでコレットを連れて帰ることにした。

☆

コレットを連れて、家には戻らないで、街を出て山に来た。

ミルリーフという、ボワルセルの街にいたときからうっすらと見えていた山だ。

そこに、コレットと一緒にやってきた。

『ここで何をするの？』

「採鉱、って、言うのかな」

『サイコー？』

「微妙に違うのを想像してると思うけど」

俺は微苦笑した。

まあ、そう思っても仕方はない。

「鉱石を採るってことだ」

『鉱石？』

「ああ、この山には天然のケバニウム鉱石が地肌から剝き出しになってるらしい……ああ、これだ」

山道を少し歩くと、それを見つけて拾い上げた。

ぱっと見ただの石だが、ところどころ青い部分が光を反射している。

「こういう、青く光るのがケバニウム鉱石だ」

『ふーん、これで何ができるの？』

「さあ」

『さあって』

「そういうのは詳しくないから。ただ、使い道は色々あって、街の買い取り屋に持っていくと買い取ってくれるんだ」

『そうなんだ』

「と、いうことで」

俺はケバニウム鉱石を差し出した。

「食べて」

『なんで』

「ムシュフシュ種には貯蔵用に三つの胃袋があるんだよね。それにケバニウム鉱石を入れて街まで運んでくれるかな」

『そういうことね』

「どう？　だめだったら別の方法を考えるけど」

『ふん、それくらいちゃちゃっとやるわよ』

「そうか、ありがとう。よかった、君が来てくれて」

『べ、別にあんたのために働くわけじゃないんだからね！　あたしは、自分の名前を守るために働くんだから。そこんとこ勘違いしないでよね！』

「ああ、わかってる」

コレットは何度もそのことを強く主張した。

名前を変えるな、って。

よっぽど彼女にとって大事なものなんだな。

まあ、別の名前に変えるつもりは微塵《みじん》もないけど。

「じゃあお願いね」

『こんなの楽勝よ』

「そうか。そうそう、言い忘れたけどもう一つ、これが大事なんだけど」

『何よ』

「今日は色々説明するために一緒にいるけど、次からは、これをコレット一人でやってほしいんだ」

『……………はい？』

たっぷり戸惑った後、俺を信じられないようなものを見る目で見つめてくるコレット。

『何言ってんのあんた』

「だから、これを一人でやってほしいんだ。ここに来て、ケバニウム鉱石を採って、後で連れていくけどボワルセルの街の買い取り屋に持ち込んで、を。無理のないレベルで一人で繰り返してほしいんだ」

『ひ、一人でって、あたし一人でってこと？』

「うん」

『監視は？』

「監視？」

『そうだよ。こういうとき、人間って監視をつけるじゃん』

「しないよ」

『ええええええ!?　さ、サボったらどうするの？　あたしが』

「信用してる」

『……あんた、ばか？』

コレットは少し俺を見つめた後、呆《あき》れたような顔でそう言った。

「バカはちょっとひどいな」

『バカよ、何が信用してるよ』

「それは……だって、コレットだから」

『え？』

「コレットなら大丈夫だって思うから」

『……』

コレットはポカーンとなった。

絶句したまま俺を見つめた。

「だめか？　やっぱり」

『だ、ダメじゃないわよ』

「じゃあやってくれるのか？」

『ふ、ふん。いいわよやってあげるわよ』

「そうか、ありがとう」

これで話がまとまった。

俺はコレットに手順を教えた。

ミルリーフの山でケバニウムを採って、ボワルセルの街の買い取り屋に持ち込んで、金をもらってくる。

買い取り屋にもよくよく頼み込んだ。

コレットだけが来て、鉱石を吐きだした後、その代金をもらう。

簡単な話だから、コレットと買い取り屋の協力で、仕組みができあがった。

その後、コレットと一緒にいながら、何も口出ししないで、一サイクルを通してみた。

採鉱から換金まで、無事に成功した。

俺は、コレットの協力のおかげで、一つの安定した収入システムを作りあげたのだった。

08. 新居に引っ越し

ミルリーフの山から、ボワルセルの街の外れにある自宅に戻ってきた。

ルイーズは既に戻っていて、お気に入りのスライムベッドですやすやと寝息を立てている。

「ここが俺の家だ」

『ふーん。別の子がいるんだ』

コレットはルイーズを見た。

「ああ、ルイーズって言うんだけど——今度紹介するよ」

『今度？』

「一日に十二時間は寝ないと力が出ない子らしくて、たぶん今日はもう起きてこないと思う」

『変な子』

「そういう子なんだよ」

『それでいいんだ』

「ああ」

俺は小さく頷《うなず》いた。

それがルイーズとの約束だからな。

『それにしても、狭いわね』

「そうだな」

俺は微苦笑した。

もともと「ある」とはいえ、そんなに広いとは言えない庭だ。

小型竜が二人もいれば、たちまち手狭に感じてしまうほどの広さしかない。

「そのうち引っ越すよ。お金が貯《た》まったら」

『ふん、べつにいいんだけどね。で、あたしはここを使えばいいわけ？』

「ああ、好きなところを使ってくれ。家の中に入ってきてもいいけど、俺を追い出そうなんてされると困っちゃうから、それだけは勘弁してくれ」

『す、するわけないじゃんそんなの』

「それはよかった」

ちょっとした軽口だ。

にしても……と、俺は庭をぐるっと見回した。

ルイーズに、コレット。

二人が一緒にいると、本当に手狭に感じてしまう。

今のところはこれでいいけど、これ以上はさすがに無理だな……。

☆

次の日、俺は一人で竜市場の、なじみの店にやってきた。

敷居をまたいで中に入ると。

「いらっしゃいませ、おお」

すっかり顔なじみになった、線の細い店主が俺を見て、幾分か親密度が上がったような笑みを浮かべてくれた。

「いらっしゃいませシリル様」

「こんにちは。コレットは来ましたか?」

「ええ、来てましたよ。これを置いていきました」

店主はそう言って、カウンターの下から小さな革袋を取り出した。

ずしりと沈むように変形している革袋は、硬貨がそれなりに入っていることを意味している。

それは、コレットの稼ぎだ。

俺はコレットに、この日の稼ぎはこの店に持ってくるように言いつけておいた。

それをちゃんとこなしてくれたようだ。

「そんなにないですが、分割払いの分です。これからはコレットに持ってこさせますので」

「はい、承りました――それにしても、すごいですねシリル様は」

「え？」

「昨日の今日で、あの子にこんな複雑な指示を仕込めるなんて。単独で複雑な行動をさせられる竜騎士はそういませんよ」

「そうですか」

「ええ、ものすごいことです」

店主に褒めちぎられた。

「コツなどはあるのでしょうか」

「ドラゴン・ファースト、ですかね」

「ドラゴン・ファースト」

店主はよくよく吟味するように、同じ言葉を繰り返した。

「ちゃんと話をして心で寄り添えば、お願いをきちんと聞いてくれますよ」

「なるほど、深いですなあ」

深いことは何一つ言ってないんだけどな、俺は。

まあでも、俺が「ドラゴンの言葉がわかる」ということを知らないと、深い話に聞こえてしまうんだろうな。

「それだけではありません。竜騎士として超越しているだけではなく、人格者でもいらしたのには驚きです」

「人格者？」

「ええ、こういうとき、まさかすぐにお支払いをされるとは思っていなかったものですから」

「それは驚くことなんですか？」

「私が分割でもいい、と申し出た理由は察しがついているかと思います」

「ええと、まあ」

姫様のハンカチを見たからだ。

俺に便宜を図って、いずれは姫様と繋《つな》がりたいと思っている。

それは、俺も前から思っていたことだから、すぐに察せられた。

「そういう場合、これ幸いと踏み倒す——というのは、言い方が悪いですな。こちらが催促するまで後回しにする方たちがほとんどなのです」

もちろん催促などいたしませんが、と店主は付け加えた。

「こちらも、それで繋がりを買うものだと思ってますので」

「なるほど」

「ですので、それを理解されている上で、更に返済をしてくる方は初めてなのです」

「分割ですからね、ちゃんと支払いますよ」

「ありがとうございます」

「商売は商売ですから。分割にしてもらっただけですごく助かっているので、本当に感謝しています」

俺は「感謝しています」の部分をを強調して言った。

分割で払うが、姫様とは可能ならちゃんと繋げる、という宣言でもある。

「それに、この店とはできれば長く付き合いたいですから」

「光栄です」

「いい店ですから。他の店より竜の扱いがいいです」

「大事な商品ですから」

店主はにこりと笑いながら答えた。

「それだけじゃないのはわかりますよ」

竜商人にも色々ある。

「商品」であっても、それを大事に扱う者と、そうじゃない者。

ここは前者だ。

商品を大事に扱う竜商人なら、長く付き合っていきたいものだ。

「そういえば」

「？」

「当店から二頭の竜を買われていかれましたが、そろそろ竜を飼うスペースが手狭になっているのではありませんか？」

「よくわかりますね」

「この街で竜が飼えるようなスペースをがある物件は両極端です。一、二頭しか飼えない家と、十数頭も飼えるような家。この二種類しかないのです」

「ああ……」

俺は微苦笑した。

その二択なら、分割払いをするような人間は前者ってすぐわかるだろうな。

「そこで、広めの竜舎付きの物件があるのですが、よろしければご紹介させていただいても？」

「それはありがたいですけど、さすがに無理です」

俺は苦笑いした。

「コレットの分割払いもまだ払い終えてないのに、広めの家なんて」

買うのはもちろん、借りるのもキツいだろう。

「それが、訳ありなんです」

「へえ」

訳ありと聞いて、俺の目が光った。

「どういう訳ありなんです？」

「新築の家で、竜舎とのセットで建てられた物なのですが、何故《なぜ》か竜たちがその竜舎に入りたがらないのです」

「入りたがらない？」

「ええ。もちろん広めの竜舎付きですので、入居を決めた竜騎士の方々は皆様かなりの手《て》練《だ》れでして」

「そりゃそうですね」

「そんな方々であっても、どうしようもないくらい竜たちが入りたがらないのです」

「それは訳ありですね」

俺は少し考えた。

「理由は――」

「もちろんわかっていません。竜舎自体、他の所とつくりは同じようなものなのですが」

「ふむ」

「それもあって、借り手も買い手もつきません」

「それはそうでしょうね」

と、苦笑いする俺。

広めの竜舎付きの家。

その竜舎が使い物にならない以上、借りる竜騎士もいない。

「そこでしたら格安でお貸しするように紹介できます。もちろん――」

「まあ、実際に見させてもらいますよ」

ルイーズもコレットも入りたがらないのなら仕方がないが、俺は他の竜騎士とは違う。

竜の言葉がわかって、会話ができる。

たとえ入りたがらなくても、言葉でその理由が聞ける。
そこから解決の糸口を見つけることができるかもしれないのだ。

☆

俺はルイーズとコレットを連れて、街の北にやってきた。
紹介された、広めの竜舎がある家だ。
家の前に立った。
広めの敷地に、人間の家があって竜舎がある。
竜舎は、人間の家の倍の広さがある。
竜舎ありき、竜舎メインの物件だ。
これで竜舎が使えないのならまったく意味はなくなってしまう。
「にしても本当にいい家だな。竜舎もそうだし」
『ここに住むの？』
ルイーズは聞いてきた。
「ああ、二人が良かったら、なんだけど」
『あたしたちが？　なんで？』

「竜舎を見に行こう」

俺はそう言って、二人を連れて敷地内に入った。

一直線に、竜舎に向かった。

竜舎の前に立ち止まって、二人の方に振り向く。

「さあ、中に入ってみてくれ」

『……』

『うぅ……』

「ルイーズ？　コレット？」

『ここやだ』

『あたしも』

「ふむ」

俺は小さく頷《うなず》いた。

どの竜も入りたがらない竜舎なのは知っていたから、驚きはしなかった。

むしろ、ここからがスタートだとわかっていた。

だから聞いた。

「なんでいやなんだ？」

『なんかいやな臭いがするのよ』

『うん……なんだろ、変な臭い』

「臭い？」

俺はスンスン、と鼻を鳴らすほどの勢いで息を吸い込んでみた。

いやな臭いはまったく感じられない。

というか、竜舎の中と外との臭いの違いがわからない。

わからない、が。

前に姫様を捜したときに、ルイーズに香水の匂いで追いかけてもらったこともある。

竜の嗅覚は人間よりも遥《はる》かに鋭くて、人間がわからない何かの臭いを嗅ぎ取れているんだろう。

「どこから出ている臭いなのかわかるか？」

『うーん』

『床なんじゃない？』

『どれどれ……本当だ、床からだ』

「床」

俺はしゃがんで、床に手を触れた。

土の床だ。

ほとんどの竜舎には、土の床が使われている。

木の床だと壊れやすく、石の床だと「床冷え」して竜の体に悪いとか聞いたことがある。

だから、竜舎の床は土が一般的だ。

その土をつかんで、臭いを嗅いでみた。

やっぱりわからないが。

「ルイーズ、ちょっとあっちこっち掘り起こしてみてくれないか」

『わかった』

ルイーズは頷き、光の槍《やり》を放った。

光の槍が次々と床を穿《うが》ち、土を掘り起こした。

それまでほどよく地ならしされていた床が、途端にボコボコになってしまう。

『うっ』

『――ッッッ』

ルイーズとコレットは顔をしかめてしまった。

「臭いがきついか？」

『うん……』

『もうだめ外出る』

二人は竜舎の外に出た。

俺からすれば単純に土が舞い上がっているだけの竜舎の中を色々と確認してから、俺も外に出た。

二人に聞く。

「大丈夫か？」

『外だと大丈夫』

『中はもういや』

「そうか。ちなみにどんな臭いなんだ？」

『うーん』

『なんていうか……』

ルイーズとコレットが頭を悩ませて、答えた。

『すごくいやな臭いが残ってるみたいな』

『そうそれ！　きっと、竜が殺された跡に残ってる臭い』

「ふむ」

正直よくわからないが、人間の感覚で言ったら事故物件みたいなものか。

そりゃまあ……いやだな。

俺は少し考えて、更に聞いてみる。

「その臭いってどこについてるの？　建物？　それとも床？　空気もあるか」

『どっちかって言ったら地面だと思う』

「ふむ、なら土を入れ替えよう。それで様子見だ」

『土を？』

「ああ」

俺ははっきりと頷いて、コレットを見た。

「コレットは代わりの土を調達してきてくれ。野外から、コレットがいいと思う土を」

『お腹《なか》の中に入れて持ってくればいいのね』

「そういうことだ」

『わかった』

『あたしは？』

「ルイーズは……休んでていいよ」

『いいの？』

「この土の臭いがいやなんだろ？　掘り起こした土を運んでもらいたいところだけど、きついんだからやめておこう」

『ごめん……』

「いいさ、無理するような話じゃない」

それで話がまとまって、俺とコレットは動き出した。

にしても……臭いがいやだから、か。

これも言葉がなければわからないことだったな。

☆

丸一日かけて、竜舎から土を掘り出して、コレットの胃袋から新しい土を入れた。

土そのものがいやな臭いを出しているということだから、かなりの量の土を入れ替えた。

そうして、土を入れ替えた後の、新しい竜舎の中。

ルイーズとコレットは昨日とは打って変わって、リラックスした様子だった。

これなら大丈夫、とわかってはいるが、それでも一応聞いてみた。

「どうだ？」

『うん、これなら平気』

『あたしも』

「そうか」

土のせい、で合ってたってことだな。

こうして、俺たちは新しい竜舎付きの家に引っ越したのだった。

09．ドラゴンを甘やかす

朝。俺はコレットと二人で出かけた。

『なによあいつ、朝になってもぐーぐーぐーぐーって』

「はは、そういう子だからな、ルイーズは」

『あれでいいの？』

コレットはそう聞いてきた。

もしも人間だったら、はっきりと唇が尖《とが》っていて、拗《す》ねてるのがわかるような物言いだが、残念ながらムシュフシュ種は唇を尖らせることができない。

一応それっぽいことができる種もいるけど、ムシュフシュ種はできない。

「ああ、それがルイーズとの約束だからな」

『一日に十二時間寝てていいって約束？』

「そう」

『よくそんなの受け入れたね』

「うーん、運命の出会いだからかな、ある意味」

『う、運命の出会い⁉』

コレットは素っ頓狂な声を上げた。

足も止まって、驚いた目で俺をじっと見つめてきた。

「ああ、十二時間寝ないと力が出ない――なんてのはさ、言葉が通じないとわからないことだろ？」

『そうね』

「つまり、俺にしかそれがわからないし、そうさせてやることができなかったわけだ。そういう意味じゃ運命の出会いだな」

『ふ、ふーん……』

コレットは顔を背け、再び歩き出した。

気のせいだろうか、横顔がちょっと寂しそうに見えた。

「コレットとも運命の出会いだな」

『ふぇえ⁉』

「だってそうだろ？」

『そ、そんなわけないじゃん！　あたしなんて、名前をつけられたら暴れればいいんだし』

「でも、コレット、っていう名前は普通の人間には伝わらない」

『それは……』

コレットは少し考えて、小さく頷《うなず》いた。

「だから、コレットとも運命の出会いなんだ」

『ふ、ふん。安っぽい運命ね』

「はは、そうかもな」

でも運命は運命だ、と俺は思った。

気づいたら、コレットの横顔からちらっと見えていた寂しさが消えていた。

気のせいだったんだろうか。

でもさっきは確かに――そう思って、コレットの横顔をじっと見つめた。

すると――表情の変化に気づいた。

顔を背けたコレットは、背けているだけじゃなかった。

背けた先の何かに、目が釘《くぎ》づけになっていた。

「逸《そ》らした」のが「見つめる」に変わっていた。

「何を見てるんだ？」

『な、なんでもないわよ！』
「いや、何か見てたじゃないか――」
『見てない見てない見てない！』
コレットは声を上げた。
『山に行くから、じゃあね』
何かをごまかすように、コレットはズンズンと大股で歩き出した。
俺は、コレットが最後に見ていた方向をじっと見つめた。
もしかして――。

☆

夕方、俺は家に帰ってきた。
家には入らずに、まずは竜舎に向かった。
「ただいま」
竜舎の中には、ルイーズとコレットがもう戻ってきていた。
ルイーズは相変わらずスライムベッドの上でだらだらとしていて、顔だけを上げた。
コレットは逆に、パッ、という感じで立ち上がってきた。

『遅かったじゃん、どこ行ってたの』

「ごめんごめん、ちょっと買い物をね」

『買い物?』

「はいこれ」

俺はそう言って、買ってきた物をコレットの前に置いた。

様々な袋や包み紙から取り出して、並べていく。

ケーキやらドーナッツやら、甘いデザートばかり。

それを「山盛り」と言っていいくらいの勢いで買ってきた。

しかも普通のヤツじゃない。

どれもこれも、普通のサイズよりも一回り——いや二回りでっかい。

ケーキのサイズはウェディングケーキくらいはあって、ドーナッツもフリスビーくらいのサイズだ。

それを見て、コレットは驚いた——が。

同時に目が輝き出したのを俺は見逃さなかった。

ちなみにルイーズはまったく興味を示さず、そのままスライムベッドに伏せて目を閉じてしまった。

『な、なによこれ』

「今朝、これを見てたんじゃなかったのか」

『そ、そんなの――って、なんか大きくない？』

「ああ、頼み込んで作らせたんだ。普通のサイズじゃ人間はいいけど竜には物足りないだろ」

『作らせた……』

「日中は普通の客用に作らないといけないからな。閉店後にお願いしたからこんな時間になったけど」

『……』

コレットは俺をじっと見つめた。

「何でも食べていいぞ」

『べ』

「べ？」

『べ、別にこんなの好きじゃないわよ。竜のあたしがこんな甘い物好きなわけないじゃん』

「そう？　それは困ったな。こんなにいっぱいあるのに。ルイーズは――」

『でもしょうがないから、食べたげる』

「ん？」

『勘違いしないでよね。食べないともったいないってだけなんだからね。うちはなんか貧乏みたいだし』

「そうか」

俺はふふ、と笑った。

何故《なぜ》か自分が甘い物好きだとは認めたがらないコレット。

それで意地を張っているんだが——まったく意味がない。

何故なら、コレットの尻尾がちぎれそうなくらいぶんぶんと振られているからだ。

どうやら気に入ってくれたようで、買ってきて良かったと思ったのだった。

10．ドラゴン・ファースト

次の日、俺はルイーズと一緒に仕事をした。

街の周りをぐるっと周って、異変がないかチェックする、役所が依頼主の仕事だ。

いわば警備巡回だから、大した金にはならないけど、役所が依頼主だから、これも「顔」を繋《つな》いでおくための仕事だ。

街の周りをぐるっと二周して、念入りに異常がないか確認してから、役所に戻ってきて、ローズに報告した。

「異常なかったよ」

「ご苦労様。はい、これが報酬の20リール」

役所が依頼主だから、報酬はその場で支払われた。

コレットが一日で50リールとか稼げるのに対して20リールだから、金銭報酬は本当に少なめだ。

まあ、それは織り込み済みだから、別にいい。

それよりもまだ時間はあるから、何かもう一仕事しておくか――。

「そうだ。ねえシリル、あんたギルドはどうするの」

「ギルド？」

いきなりなんの話をし出すんだ？　と不思議がりながら、首をかしげつつローズを見つめ返した。

「ギルドなら、リントヴルムを追放されたし……まあ、当面は野良《のら》でやっていくつもりだけど」

というか……ずっと、かもしれないな。

野良になった後、色々と周りの話を聞いてみたけど、リントヴルムが極端なだけで、大抵のギルド、いや竜騎士は同じようなもんだ。

竜のことは道具、くらいにしか思っていない。

それが一般的だから、どこか別のギルドに――というのはまったく考えていない。

「一人ギルドを立ち上げるつもりはないの？」

「一人ギルド？　って、なんだっけ」

「文字通り一人だけのギルドだよ」

ローズは身も蓋もない答えを口にした。

「なんでそんなものを？」

「ギルドの恩恵って知ってる？」

「ギルドの恩恵？」

俺は少し考えてみた。

ギルドの恩恵、というようなものは、俺の知識の中にはない。

俺は首をゆっくり横に振った。

「いや、まったく」

「そっか。まず、ギルドっていうのは、国が認めている組合の一種なのね」

「はあ」

「いわば竜騎士組合なんだけど、竜騎士と竜は今や大事な存在だからね、それで色々と特別扱いされるんだ」

「例えば？」

「表向きに一番大きいのは税金だよ。所得税もそうだけど、竜頭税も、ある程度の竜がいるならギルドを立ち上げた方が税金が安くなるよ」

「へえ」

それはまったく知らなかった。

そうか、税金か……。

竜は……うん、これからも出会いがあれば、まだまだ迎えていくつもりだから。

それで税金が安くなるなら、一人ギルドはありかもしれないな。

「あとは、ギルドのレベルに応じて、所属している竜の能力も多少上がるの」

「そうなの⁉」

俺はびっくりした。

それは初耳だ。

「微々たるものだけど、ギルドのレベルが最大になれば、竜の能力は一割くらい上がる感じだね」

「それでもすごいな」

まさかそんな恩恵があるなんて思いもしなかった。

少し考えて、ローズに聞いた。

「すごいけど……それってどういう理屈なんだ？」

「あたしも詳しくは知らないけど、確か神話の時代に、主神ロマンシエと竜王M・Nによって結ばれた契約が関係しているってどこかで聞いたことがあるよ」

「なるほど」

主神ロマンシエと竜王M・N。

竜騎士であれば必ずと言っていいほどよく聞くこの二つの名前。

ただ、よく聞く割には詳細はほとんど伝えられていない。

神話のような話だからしょうがないと言えばそうなのかもしれない。

主神ロマンシエと竜王M・Nか……。

どういう契約なんだろ。暇なときに調べてみるか。

さて……もしもこれが本当なら、一人ギルド――本気で検討しなきゃだなと思った。

「ちなみに、ギルドを立ち上げるためにはどうしたらいいんだ？」

「まずはお金だね」

「お金？」

「そう、保証金を国に支払うんだ」

「保証金か」

「あと公人の見届け人が一人――まあこれはシリルがそのつもりならあたしがなってあげられるけど」

「そうなの？」

「うん」

ローズは大きく頷《うなず》いた。

彼女ほど若い子が、って思ったけど、庁舎に勤めてる職員――役人だし、そういうものなのかもしれないな。

「ありがとう」

俺は心から感謝した。

保証人とか、見届け人とか。

そういうのは、お金以上に得がたいものだ。

とはいえ、お金もお金で、「先立つもの」として今の俺にはかなり難しい話だ。

「ちなみに、その保証金ってどれくらいいるんだ？」

「一万リールだよ」

「結構するなあ……」

一万リール……。

それは、結構な大金だぞ。

☆

俺は家に戻ってきた。

リビングで手足を投げ出して座って、天井を見上げながら考えた。

一万リールはかなりの大金だ。

人によっては年収くらいの金額だ。

もちろん、そんな大金なんて持っていない。

ただ、ものすごい大金というわけでもない。

結局、人間一人の年収程度の額だ。

一人ギルドだから多く感じるのであって、例えば十人くらいの仲間が一緒になってギルドを立ち上げるぞ——ってなったとき、一人頭1000リールって考えれば途端にどうとでもなる金額になる。

でも、俺は一人だ。

一人で一万リールを用意するのは難しい。

でも、ギルドの恩恵を考えれば、多少無理してもやる価値はある。

さて、どうするかなあ。

一万リールかあ……。

そうやって、俺が頭を悩ませていると。

『ただいま』

家の外から声が聞こえてきた。

コレットの声だ。

俺は立ち上がって、リビングから庭に出た。

すると、竜舎に戻っていく途中のコレットと遭遇した。

「おかえりコレット」

『ただいま。はい、これ今日の稼《かせ》ぎ』

コレットはそう言い、口の中から硬貨袋を吐き出した。

硬貨が入った三つの革袋が、じゃらりと音を立てて庭の地面に落ちた。

「分割払いの分は？」

『ちゃんと持ってってる』

「そうか、お疲れ――あれ？」

硬貨袋を拾うついでに、一緒にコレットが吐き出した何かを見つけた。

それは――石のようなものだった。

「これは？」

『ああ、それ？』

コレットは頷いた。

『間違えて飲み込んだやつ。あんたが教えてくれた鉱石じゃないから、買い取りに出さないでそのまま持って帰ってきちゃった』

「……」

『なに？　それがどうかしたの？』

「これは……もしかして」

俺は、コレットが吐き出した鉱石をじっと見つめた。

☆

「これは……ポリライトですね」

俺は鉱石を買い取り屋に持ってきた。

それをしばらく鑑定していた買い取り屋が、ちょっと驚いた顔で言った。

「ポリライト？」

「ええ。今は太陽の光で白く見えますよね」

「そうですね」

「これを――」

買い取り屋は立ち上がって、窓を閉めてカーテンを引いた。

部屋の中が暗くなった。

そして、ランタンの灯《あか》りを灯《とも》した。

すると、ランタンの灯りを受けて、鉱石はなんと「赤く」輝き出した。

「こ、これは」

「ポリライト、受けた灯りの種類に応じて輝く色が変わる鉱石です」

「へぇぇ……」

「ちなみに何種類の色に輝くかはモノによります。色の種類が多ければ多いほど、当然高価になります」

「そりゃそうですよね……」

そういう性質のものなら、輝く色の種類が多ければ多いほど——というのは普通に納得できた。

買い取り屋はロウソクやらなにやらを使って、何種類もの灯りをポリライトに当てた。

「どうやら四種類みたいですね」

「みたいですね」

「これを譲ってくれませんか」

「ええ、もちろん」

俺は頷いた。

買い取り屋に持ち込んだのは最初からそれが目的だ。

見たことのない、偶然採れた鉱石。

鑑定ついでに、値段がつけばそのまま買い取ってもらうのが目的だ。

「一万リール、で、如何《いかが》でしょう」

「ええ!?」

一万リール。

俺は鉱石——ポリライトを見つめた。

これ一つで、ギルドを立ち上げることができるぞ。

☆

ポリライトを売り払って、一万リールを受け取ったその足で、役所に向かった。

ローズの所にやってきた。

「どうしたのシリル、今日はもう帰ったんじゃなかったの?」

「一万リール調達してきたんだ」

俺はそう言って、ずしりと銀貨の入った革袋をローズの前に差し出した。

ローズはそれを見て、少し驚いた。

「ええ⁉　本当に？」

「ああ」

「今日中に持ってくるとは思わなかったよ」

「善は急げってね」

「そかそか。でもよくお金をつくれたね。まさかドラゴンを質に入れたとかないよね」

「え？」

「え？」

俺はきょとんとする。そんな俺を見てローズも驚いた。

「ドラゴンを質にって、どういうこと？」

「文字通りの意味だけど……ドラゴンを質屋に入れてお金をつくるの」

「そんなことができるのか」

「うん」

「そうか……まあ、できてもそんなことはしないけど」

俺は苦い顔で言った。

ドラゴンを質に入れるなんてそもそも知らなかったし、知ってたとしてもそんなことはできない。

「そうじゃなくて、高価な鉱石を拾えたんだ」

「なんだ、運が良かったってこと？」

「そういうことだ」

「そかそか」

「とにかく、これで頼む」

「わかった。じゃあ準備をするから、その間にこれを書いといて」

ローズはそう言って、書類を取り出して俺に渡した。

パッと見て、通り一遍なギルド設立の申請書類だ。

「用意してあったのか」

「そのうち来ると思ってたんだ。今日中に、というのは予想外だけど」

「そうか……ありがとう」

ローズに感謝しつつ、俺は書類を上から見ていき、必要な項目を書き込んでいった。

自分の名前とか、住所とか。

そういうパーソナルで当たり前の項目から、竜の数と品種なども書いていった。

「竜の名前の欄は……ないのか」

竜の名前を記入するところがないのがちょっと不満だったけど、ないものはしょうがない。

そして――

「ギルド名、か」

「うん、そこが一番重要な所。言うまでもないけど、ギルドはその名前で呼ばれるから」

「そりゃそうだ」

リントヴルムにいたからその辺りのことはよく知ってる。

俺は考えた。

最重要になる、ギルドの名前。

その名前をどうしようか、と考えた。

すぐに、降りてきた。

まるで天啓のように、すぅっと降りてきた。

俺はそれを書き込んだ。

そして、ローズに渡した。

「これで」

「どれどれ、『ドラゴン・ファースト』？」

「ああ」

俺ははっきりと頷《うなず》いた。

名は体を表す、という言葉がある。

だったら、俺のギルドの名前は『ドラゴン・ファースト』であるべきだ。

11．ギルドレベル

「うん、これで受け付けたよ」

ローズが頷き、書類にハンコを押した。

次の瞬間、書類が光を放ち出した。

書類から魔法陣が浮かび上がってきて、その魔法陣から小さな人影が現れた。

現れたのは、背中に蝶々《ちょうちょう》のような羽を生やした、手の平サイズのちっ、ちゃい女の子だ。

「こ、これは？」

「ギルド妖精《フェアリー》、ってみんな呼んでるわね」

「ギルド妖精《フェアリー》」

「一種の身分証、あるいはギルドの看板みたいなものよ」

「そうなのか」

俺はギルド妖精《フェアリー》を見つめた。

見つめ返されて、目が合った。

「……」

ギルド妖精《フェアリー》は喋《しゃべ》らなかった。

まるで人形のように、表情がほとんどない。

「えっと、これをどうすれば？」

「普通にしてたらくっついていくから」

ローズがそう言うと、ギルド妖精《フェアリー》はふわりと浮かび上がって、俺の方に向かって飛んできた。

その後、俺の周囲をぷかぷかと浮かんでいる。

「なるほど」

「大事にしてあげてね」

「ああ」

「これからが大変だと思うけど、頑張ってね」

俺は小さく頷いた。

「さて、シリルんとこは今、小型種の竜が二頭だったよね」

「ああ」

「だったら二つだね――はい」

ローズは小さな箱を取り出して、俺の前に置いた。

紙製の箱で、同じものが二つずつだ。

「これは？」

「首輪タイプのと、足輪タイプのだよ」

「首輪に足輪……タイプ？」

俺は首をかしげた。

一体どういうことなんだろうか。

「前にリントヴルムにいたんなら見覚えはあるんじゃないかな、竜が首輪か足輪をつけてるの」

「……ああ」

俺は小さく頷いた。

確かに、リントヴルムの竜は全員がそういうものをつけていた。

「これは竜気を測る道具なんだ」

「竜気？」

「そっ。ドラゴンにつけてると、その竜の竜気が集計されて、ギルドの経験値やレベルがそれに応じて上がっていくシステムなんだ」

「えっと……？」

「ギルド妖精《フェアリー》を見てみて」

そう言われて、俺は宙に浮いているギルド妖精《フェアリー》を見つめた。

「ギルドのレベルがわかるでしょ？」

「レベル1みたいだな」

「それが上がると色々なことができるようになるんだ」

「なるほど」

説明を受け、頷きはしたが、正直まだよくわからない。

「とりあえずはつけてみてよ。こういうのはやっていくうちにわかっていくものだからさ」

「そりゃそうだ」

「一人ギルドだし、他のギルドよりはドラゴンたちと馴染《なじ》む時間もあるでしょ？」

「うーん……」

「どうしたの？」

「その……正直、あの子たちに首輪とかをつけるのは抵抗があるんだよなあ」

他の竜騎士が竜に首輪とかをつけてたのは知っている。

でも、俺はそれをあまりしたくない。言葉がわかる、毎日会話する子たちに首輪をつけるのはものすごい抵抗を感じてしまう。

「だったら竜具屋に行くといいよ。首輪以外のやつも置いてるから」

「そうなのか、わかった。ありがとう」

俺はそう言って、ローズに頭を下げて、庁舎を後にした。

☆

夕方、家に帰ってきた俺は、ルイーズとコレットの二人にギルドの話をした。

「というわけで、ギルド『ドラゴン・ファースト』は無事立ち上がった」

『ふーん。で、あたしたちは何かが変わるの？』

コレットが聞いてきた。

「特に何も変わらない。今まで通りでいい」

『十二時間以上寝ててもいい？』

「ああ、それは今まで通りだ。ただ」

『ただ？』

「竜気？　を測るために、指定のアクセサリーを身につけてもらわないといけないみたいなんだ」

『アクセサリー？』

「そう、色々あるんだけど……」

俺はそう言って、メモを取り出した。

役所を出て、一旦竜具屋に行って、「竜気計」になるアクセサリーの種類を聞いてきた。

「首輪、足輪、イヤリング、リボン――まあ色々あるけど、大抵の『アクセサリー』になる物はある。その中から身につけたい物を選んでほしい」

『寝袋はあるの？』

「竜がすっぽり入る寝袋は竜気計とは関係なく存在しないな」

俺は笑いながら答えた。

『じゃあアイマスクは？』

「それもないけど――アイマスクくらいならオーダーメイドで作ってもらえそうだ」

寝袋と違って、つまるところ目を覆うだけのものがアイマスクだから、今はなくても多少お金を多めに払えば作ってもらえそうではある。

「って、本気なのか？」

『うん』

「いつもつけておかないといけない物だぞ？」

『いいじゃん、アイマスクずっと頭につけてたって』

「うーん。いや、まあ……別にいいのか」

俺は少し考えて、小さく頷いた。

アイマスク、俺の感覚だと「ナシ」なんだけど、ルイーズ的には「アリ」になってるのか。

「わかった、じゃあそれを注文して作ってもらう」

『ん、ありがと』

「コレットは？　なにかない？　ここまできたらコレットの分も特注でいいぞ」

『あたしは……』

「ん」

『あたし、は』

コレットは何故《なぜ》か言い淀《よど》んでしまった。

「うん？　言いにくいのなら言わなくてもいいぞ。竜具屋の店主に言っておくから、明日にでも自分で選んでくるといいよ」

『バカね、そんなの意味ないじゃないの』

コレットが俺の提案を否定した。

「え？　なんで？」

『結局、身につけるものなんでしょう。だったらそんな配慮をされても、結局はあんたに見られるじゃないの』

「そりゃそうだ」

俺はペシ、と自分のおでこを叩《たた》いた。

確かにまったく意味のない配慮だ。

それを理解して、改めてコレットの方を向いた。

「そんなに言いにくいことなのか？」

『そ、そんなことないけど』

「じゃあ？」

コレットを見る。

コレットは少し迷った後、意を決して。

『リ、リボン』

「リボン？」

『リボンみたいなのが、欲しい』

「そうか。わかった。色とかの指定は？」

『かわいいのが、いい』

「了解。竜具屋に相談してくる」

にしても、ちょっと意外だな。

可愛《かわい》い感じのリボンが欲しいと、竜に言われるとは思わなかった。

いや、そうでもないのかな？

コレットもちゃんとした女の子なんだ。そのことはまだお迎えして何週間も経《た》ってないけど、この短い期間でよくわかっている。

そんなコレットが、可愛い物が欲しいと言うのは、そんなに不思議なことじゃないと思った。

『ねえゴシュジンサマ、それって、つけといて何かを測るものなんだよね』

「ああ、竜気、ってのを測るらしい」

『じゃあアイマスクとかリボンとか買ってくれるまでは、その首輪とかつけてた方がいいの？』

「理屈としてはそうなんだけど……」

俺は微苦笑した。

あまり首輪をつけさせるのはなあ、とやっぱり思うからだ。

『じゃあつけて』

「いいのか？」

『なにが？』

「いや、まあ」

俺はばつが悪くなって、鼻を掻《か》いた。

俺が意識しすぎてる、ってことなのかもしれない。

その証拠に、ルイーズもコレットも、首輪に対して特になにも反応はしなかった。

もちろん喜んではいないけど、嫌がってもいなかった。

まあ、でも。

「アイマスクとリボンだな。明日さっそく竜具屋に行ってくる」

『お願いね』

『う、うん……』

アイマスクとリボンと聞いて、ルイーズとコレットは嬉《うれ》しそうにした。

嬉しがる物がわかっているなら、そっちをつけてもらいたいと、俺は思ったのだった。

☆

次の日、コレットは山に鉱石採取に行き、俺はルイーズと一緒に竜具屋に向かった。

その途中で、リントヴルムのルイと遭遇した。

「おやおや、これは『ドラゴン・ファースト』のギルドマスターじゃないか」

ルイは俺を見るなり、慇懃《いんぎん》無礼《ぶれい》そのものな態度で近づいてきた。

「追放されたばかりなのにギルマスとは、大出世だな」

「何か用があるのか？」

深く考えるまでもなく嫌み全開だったから、それにまともに付き合う気はなかった。

話を聞いてみて、用件がなければ立ち去ろう。

今はまず、アイマスクとリボンだ。

「はっ、本物のバカはバカだってことにも気づかない」

「何が言いたい」

「一人ギルドで、ギルドレベルをどれくらいかけて上げるつもりなんだ？　一人でギルドを一人前のレベルまで上げようと思ったら数年――いや数十年はかかるぞ」

「ふーん」

まあそりゃそうだろう。

普通に考えて、十数人から数十人、ものによれば数百人までいるのがギルドという集団だ。

それらに比べて、一人ギルドの経験値の「溜《た》まり」が遅いのは当然。

いちいち言われるまでもないことだ。

「それだけか？」

「へ、すかしやがって。そのうち後悔しろ」

ルイはそう言って、蔑《さげす》んだ目で俺を見て、それから立ち去った。

「暇なやっちゃな」

俺を見かけてわざわざ嫌みを言いに来るなんてな。

☆

「では、この寸法でアイマスクを作り、『ドラゴン・ファースト』の竜気計として登録します」

「よろしくお願いします」

竜具屋の中、ルイーズの目の回りを採寸した。

予想通り、オーダーメイドのアイマスクは作れるようだ。

値段は100リールくらいだったから、そんなに高くもなく予備用も含めて二つ発注した。

「わかりました」

「では、少々お待ちください」

店主が店の奥に引っ込んでいくのを見送りつつ、ルイーズに話しかけた。

「よかったな」

『ありがとう、ゴシュジンサマ。すごく嬉しい』

「そうか?」

『うん、本当にアイマスクでいいなんて思わなかった』

「それが欲しかったんだろ?」

『うん』

「だったらダメな理由がない」

『……本当にありがとう、ゴシュジンサマ』

ルイーズは嬉しそうに笑った。

それだけ喜んでくれるとこっちも嬉しくなる。

そのときだった。

俺の懐《ふところ》が光り出した。

『ゴシュジンサマ？』

「これは……妖精？」

俺は光っている箇所に手を入れて、それを取り出した。

光っていたのは、俺の懐で休んでいたギルド妖精《フェアリー》だった。

その体がボワッと、淡い燐光《りんこう》を放っている。

『妖精って光るものだったの？』

「いや、それは聞いてない……え？」

『どうしたの？』

「レベル……2になってる」

ニコニコするギルド妖精《フェアリー》。

ギルドのレベルが1から2に上がっている——ギルド妖精《フェアリー》を見ればはっきりとわかる。

「……どういうことだ？」

12. 真心を君に

竜具屋を出た後、その足で役所にやってきた。

ロビーでローズを捕まえて、説明をした上で妖精を見せた。

「チェックするね……本当だ、レベル2になってる」

「ギルドレベルってこんなにすぐに上がるものなのか」

「ううん、それは普通あり得ないよ。シリルのところは一人と二頭で登録したから、普通に考えたらレベル2に上がるまでに一ヶ月はかかるはずだよ」

「なるほど」

ローズの言うことは、ルイが言っていたことと同じだった。

ルイは俺を貶《けな》してきたが、言ってること自体は真っ当だったわけだ。

「なにかの間違いなのかな」

「ちょっと待ってて。すこし預かるね」

ローズはそう言って、妖精をつれて一旦奥に引っ込んだ。

俺はしばらくの間、その場で待った。

10分くらいして、ローズが戻ってきた。

「お待たせ」

「どうだった？」

「確認してきたけど、何かの間違いとかはなかった。不正もなかったよ」

「不正とかあるのか」

「あるよ。例えばギルドを立ち上げて、あっちこっちから竜を借りて一瞬だけギルドに所属させて、ギルドレベルを上げたら抜けさせる、とか」

「そんなやり方があるんだ」

「抜け道を探して得をしようとする、って人間はどこにでもいるものだよ」

「……なるほどなあ」

そういうものなのか。

「ってことで、『ドラゴン・ファースト』はちゃんとレベル2になったよ。おめでとう」

「ありがとう」

ローズから妖精を返してもらって、それを手の平の上に乗せて、少し見つめた。

「えっと、レベル2になったけど、何か変わるのか？」

「変わるよ、一番大きいのはこれ」

ローズはそう言って、一枚の紙を俺に差し出してきた。

俺はそれを受け取って、まじまじと見つめた。

「紙……？」

「ただの紙じゃないよ、ギルドマップ。それをその子に渡してあげて」

ローズはそう言って、妖精を指した。

ギルド設立以降、何もしないで周りに浮かんでいたり、懐で休んでいたりするだけだから、すっかり慣れてきて、空気みたいに感じるようになってきた妖精。

俺は言われた通りに、紙を受け取って、妖精に渡した。

妖精は無言でそれを受け取った。

次の瞬間、妖精の指先がぽわっと光った。

その指で紙をなぞると、ペンのように紙に線が引かれた。

妖精はたどたどしい手つきで、線を繋《つな》いで描いていく。

すると――。

「これは……ボワルセルの地図？」

「そう」

「この光ってる点は？」

「登録してる竜の居場所だよ」

「あっ、そっか。ルイーズは表で待ってるんだ」

ローズの説明に俺は納得した。

地図はこのボワルセルの街中心、からちょっと外れた場所の役所を中央にしている。

その役所のすぐ横に光点があって、それはルイーズがいる場所だった。

俺が役所に入ってきたときから動いていない。

たぶん、外でちょっと居眠りでもしてるんだろう。

「もう一人の子はいないんだ」

「コレットはミルリーフの山に仕事に行ってるから」

「一頭で？」

「ああ」

「竜に単独行動させてるの？」

「うん」

「驚いた……そんなことまでできるんだ」

「まあね」

これも言葉の力だけど、ローズは踏み込んで聞いてこないから、俺も説明はしないでおいた。

「だったら地図を広げてみて」

「広げる？」

俺が言うと、妖精は更に紙――地図に手を這《は》わせた。

二本指で摘まむようにすると、図が変わった。

細かくなった。

縮尺が変わったのだ。

それまでは役所周辺しか写し出していなかったのが、ボワルセルの全体像が見えるようになった。

って、ことは。と思って、更に縮尺を変えてもらう。

するとボワルセルの街全体が小さくなって、遠くにミルリーフの山が見えてきた。

その山の中に、もう一つの光点が見えた。

「本当だ、コレットがいる」

「本当だ、はこっちの台詞《せりふ》だよ……本当に単独で仕事させてるんだ」

「まあ、な」

「どうしつけたの？」

「ちゃんと話してわかってもらえたんだ」

「またまた、冗談ばっかり」

ローズは冗談だと思ったのか、笑い飛ばした。

これくらいの反応はいつものことだから、俺は気にしなかった。

「ということだよ。ギルドレベルが上がれば上がるほど、色々便利なアイテムも手に入るから、頑張ってね」

「そうか……」

俺は少し興奮した。

レベル3になったら何ができるようになる？

それを思って、わくわくするのだった。

☆

夜、完全に日が暮れてから、コレットが戻ってきた。

コレットが戻ってきているのは、「ギルドマップ」で把握していて、俺は彼女が戻ってくるのに合わせて、家の外で出迎えた。

「お帰りコレット」

『え？』

表で俺の姿を見たコレットは驚いた。

「どうした」

『待ってた、の？』

「ああ、リボンが手に入ったから、早く渡したくてな」

俺はそう言って、手に持っていた袋を差し出した。

袋の中にあるのは、竜具屋で買ってきた、コレットにプレゼントするリボンの数々だ。

『リボン』

「これなんかどうだ、可愛《かわい》らしいぞ。こっちはフリルつきだ」

『あっ』

「どっちがいい？」

『どっちも』

「そうか。じゃあまずこっちからつけてみよう」

俺はそう言って、コレットにリボンをつけてやった。

竜がリボンなんて――ってつける前は不安に思ったけど、つけてみたら意外と違和感がない、どころか結構似合っていた。

「いい感じだ」

『そ、そう？』

「ああ、可愛いぞ」

『──っ、ふ、ふん。そんなのやる前からわかりきってたことだし』

「そうだな」

俺はふっと笑った。

まんざらでもなさそうなコレットを見てちょっとクスッときた。

『ね、ねえ』

「ん？」

『……ありがとう』

コレットは顔を背け、明後日《あさって》の方角を向きながら、そう言ってきた。

いつも通り、素直になりきれない感じのコレットがちょっとおかしくて──愛《いと》おしかった。

そのときのことだ。

淡い光とともに、妖精が懐《ふところ》から飛び出してきた。

その光には見覚えがあった。

「……もしかして」

俺は一つの仮説を立てた。

妖精が光ったのは二回とも、竜たちが喜んでいたとき。

竜からの好感度が上がると、ギルドの経験値も溜《た》まるのか？

13. 入る人、逃げるドラゴン

　夕方の竜舎。

　ルイーズがいつものように早々と自分のスライムベッドに引っ込んだ中、俺はコレットと二人で向き合っていた。

「ちょっと待ってて」

　コレットはそう言って、ジャリンジャリン――と、口の中から何十枚もの銅貨を次々と吐き出してきた。

　コレットはムシュフシュ種だ。

　ムシュフシュ種は、他の竜とは異なる大きな特徴として、四つの胃袋を持っている。

　そのうちの三つには消化能力がなくて、単純に物を貯《た》め込むのにしか使えない。

　そのかわり胃袋をどこまでも膨らませることができて、最大で体を倍くらいの大きさにまで膨らませることができる。

　その胃袋を財布代わりに使っていたコレットが、今日の稼ぎを持ち帰ってきたのだ。

俺は銅貨を拾い上げて、数えた。

「60、61、62……全部で62リールか。これで全部？」

『うん、全部出した。そうそう、分割払いの分もちゃんと払ってきたから』

「そうか、お疲れ様」

『これってどれくらいの稼ぎなの？』

「どれくらい？」

『うん』

コレットは俺をじっと見つめた。

どれくらいの稼ぎか、という質問にどう答えるべきか悩んだ。

もちろん悪くはない稼ぎだ。

成人男性の一ヶ月の稼ぎが大体１０００リールくらいだって言われてる。

だから、一日62リール――しかも分割払いの分を払った残りがこの額なら、普通の男の稼ぎ、その１・５倍くらいはある。

そう考えればすごいし、ぶっちゃけコレット一人で俺たち三人を食《く》わせられるくらいは稼いでいる。

それを一旦頭の中でまとめて、コレットに言おうとした。

「……」

瞬間、俺は喉元まで出かかった言葉を呑み込んだ。

コレットの表情が見えたからだ。

竜の表情の違いをわからない人間も多いが、言葉がわかる俺には表情の違いも何となくわかってしまう。

今のコレットの表情は――期待。

子犬が尻尾を振りながら何かを期待している、それとよく似た表情だ。

何を期待しているのか――と考えたら、説明とかたとえとか、そういうものはまったく余計だった。

「すごいぞ、さすがコレットだ」

『――っ‼　ふ、ふん。あたしにかかればこれくらい当然よ』

コレットはそう言ったが、顔からは隠しきれないほどの喜びが溢れていた。

正解である。

62リールがどうの、割賦がどうの、成人男性がどうの。

そういう説明はまったくいらなくて、ただ褒めるのが今の正解だった。

褒められたコレットは嬉しそうにしている。

同時に、彼女がつけているおしゃれなリボン――竜気計が微《かす》かに波打って、淡く光った。

それとともに、また妖精が光って懐から飛び出してきた。

やっぱり、俺の仮説は正しいのかもしれない。

☆

次の日、コレットをミルリーフの山に送り出した後、俺はルイーズと二人で役所の庁舎に向かった。

家を出た後は、ルイーズの上に乗って、彼女に運んでもらっている。

ルイーズに運んでもらいながら、ギルドマップを見つめていた。

ギルドマップに写し出されているのは、ミルリーフ山に向かうコレットだ。

ギルドレベルを2に上げてゲットした、ギルドマップ。

これを手に入れてから、あれこれ試していた。

色々やった結果、いくつかのことがわかった。

まず、ギルドマップの中心として表示できるのは俺だけじゃない。

ギルドの他のメンバー――つまりルイーズもコレットも、中心にすることができる。

今もそうやって、コレットを眺めていた。

ミルリーフ山に入ったコレットは、山の中を動き回っていた。

「せわしないな、まだ午前中なんだからもっとゆっくりやればいいのに」

コレットの動きを見た俺はそう呟《つぶや》いた。

マップと光点だけだが、それでもわかるくらい、せわしなく動き回ってるコレット。

そこまで一生懸命にならなくてもいいのにって思う。

『仕事で結果出したいのよ』

「ふむ」

『昨夜、あの子ずっとフヒフヒ言ってて怖かったわよ』

「フヒフヒ？」

なんだそれは、とルイーズの背中の上で首をかしげた。

『思い出し笑いね。ゴシュジンサマに褒められたのを思い出してフヒってたのよ』

「そうなのか」

『褒めてあげるのもいいけど、やり過ぎると夜の間フヒフヒうるさいからそこそこにしてよね』

「うーん、それもどうかと思うけど」

俺は微苦笑した。

フヒフヒ、っていうのがどれくらいのものなのかわからないけど、ルイーズの言い方から察するに普通に嬉しいからそうなっているようだ。

褒められると嬉しい。

それを控えてくれ、って言われたから控えたんじゃちょっと色々と切ない。

褒めて喜んでくれるのなら、これからもちゃんとできる限り褒めてあげたい。

ルイーズが気味悪がってるのは――。

「ちょっと考えるから、時間をくれ」

『……別にいいわよ、そのうち慣れるし』

「そうなのか？」

『あの子のことをこれからも褒めるってことなんでしょ』

「ああ」

『あたしもいくらでも寝てていいって好きにさせてもらってるし』

「そうか……お前もいい子だな」

『なに、いきなり』

「そうやって思いやれるのはすごいってことだ」

『……別に大したことはないわよ』

ルイーズは素っ気なく言ったが、それは助かる。

そうやって皆が皆、お互いに一歩引くことができたのなら、世界はもっと平和になるのに、と何となく思った。

そうこうしているうちに、庁舎に着いた。

俺はルイーズの背中から飛び降りた。

「それじゃ仕事とってくる、ちょっと待っててくれ」

『寝て待ってる』

「ああ」

俺はフッと微笑《ほほえ》んで、ルイーズをその場に残して、庁舎の中に入った。

ルイーズはアイマスクをつけると、その場で丸まって寝る格好をした。

庁舎の中に入った俺は、いつものように一階ロビーの掲示板の前に立った。

掲示物の中から、何か新しい依頼はないか、とチェックしていく。

「おや？」

依頼ではない。

見慣れない掲示物をじっと見つめた。

それは、ギルド「リントヴルム」を表彰するものだった。

リントヴルムの過去一年の実績を羅列して、優秀な模範ギルドとして王国が表彰する
――っていう内容だ。

「こういうところはさすがだよな」

俺はそう呟いた。

方針はまったく共感することができないけど、リントヴルムが「優秀な実績を上げている」という一点はまったくもってすごいことだと思う。

ギルドの実績は、依頼主にとって安心の材料だ。

あそこに頼めばどうにかしてくれる、と思えるのはかなり重要なことだ。

「こっちもそのうち表彰してもらえるように頑張らないとな」

「はは、無理だろそりゃ」

「なに？」

俺は振り向いた。

そこにはリントヴルムの知り合い、ルイが立っていた。

ルイは勝ち誇ったような表情で俺を見つめてきた。

「なんだよ、藪《やぶ》から棒に」

「表彰されたいって、一人ギルドのギルドマスターが口にするような言葉じゃねえだろ。

そんな妄言を吐いてると周りから笑われるぜ」

「……そうかい」

目標は口にしてなんぼだ――という主張が喉元まで出かかったが、ルイにそんなことを言っても何にもならないし、ぐっと呑み込んだ。

「というか、必要ねえだろ、お前には」

「必要ない？」

「ああ。この表彰を受けて、リントヴルムに入りたいっていう竜騎士が、昨日一日だけで五人もいてな」

「へえ」

そんなにか。

「結構やり手も多くてな。経歴が十年超えた、ＢランクとかＣランクとかの竜騎士もいたぜ」

「そりゃ結構なことだな」

本気ですごいと思った。

ギルドだけじゃなくて竜騎士も、働き具合と、実績によって国から認定されることがある。

Bランクとかランクとかいうのは、第一線でバリバリ働いてて、一度は名前を聞いたことがある有名な竜騎士――くらいのレベルだ。

そのレベルの竜騎士が次々とリントヴルムに入りたがってるのか。

それは、普通にすごいことだ。

「お前も、もう少しだけうちにいれたらなあ」

そう言って、ニヤニヤとこっちを見るルイ。

「いや、別にいいよ、それは」

「やせ我慢か？　悔しいときは素直に悔しいって言っても誰も笑わねえぜ？」

「やせ我慢とかしてないんだけど」

俺は苦笑いした。

というかちょっと呆《あき》れた。

ルイの中じゃ俺はそういうことになってるのか。

まったくもって、やせ我慢とかそういうことはない。

リントヴルムを離れてせいせいした、と思ってるくらいだ。

あそこの方針とは考え方が違いすぎる。

リントヴルムが表彰されたことはすごいけど、だからといって戻りたいとかあそこに居残ってればよかったとか、そういう気持ちはまったく湧いてこない。

「はっ、そういうことにしてやるよ」

が、それはルイにはまったく伝わらなかった。

ルイは俺がやせ我慢してるって決めつけてきた。

それならそれで別にいいや、と塩対応した。

結局、ルイ——リントヴルムとは、何処《どこ》まで行っても意見が合わないんだと、再認識したのだった。

☆

夕方、ルイーズと一緒に仕事をこなした後、ボワルセルの街に戻ってきた。

いつも通り賑《にぎ》やかな街だが、なにかがおかしい。

賑やかなのを通り越して、ちょっと騒がしかった。

「何かあったのかな」

俺はルイーズの背中から飛び降りて、通行人を捕まえて話を聞いた。

「なんか、ドラゴンが脱走したんだって」

「脱走？」

「暴れてるみたいで、結構な捕り物になってるぜ」

「へえ……それにしても、竜が脱走か」

それはなかなか聞かないことだ。

俺はしないが、普通、竜はブリーダーや竜騎士によってきちんとしつけられている。

脱走することはほとんどない――というか今まで聞いたことがない。

ちょっと、気になった。

『ゴシュジンサマ……』

「ん？　ああ」

振り向いた先で、ルイーズがおねむな感じになっていた。

まぶたがほとんど閉じかかってて、体もふらふらしている。

そろそろ限界かな。

「眠いなら先に帰っててていいぞ」

『ん……もうちょっとだけなら、だいじょうぶ……』

「そうか」

大丈夫とは言いながらも、本当に眠そうだった。

脱走した竜も気になるけど、この状態のルイーズに無理をさせることはできない。

俺はルイーズを連れて、まずは庁舎に行って、報告して仕事を閉じようと思った。

そして、役所の庁舎にやってくると――ドン！　と何かがぶつかってきた。

タックルを受けた俺は、後ろ向きに倒れて尻餅をついた。

「あいたたた……なんだ？」

『お願い、助けて！』

「え？」

この声は、この言葉は――ドラゴン⁉

俺は気を取り直して、タックルしてきた相手を見た。

ドラゴンだった。

その子は知っている子で、リントヴルムのドラゴンだった。

『もう！　あそこはいやなんです！』

「むっ……」

俺は眉をひそめた。

ベテラン竜騎士が競って入ろうとしたギルドから、肝心のドラゴンが逃げ出してきて、俺に助けを求めてきたのだった。

14. アーティファクト

周りがざわざわしている。

ドラゴンが俺にタックルしてきたのを見て、小さな騒ぎになってきている。

ここじゃまずい。人の目がありすぎる。

「とりあえず一緒に来て」

『――っ！　うん！』

「ルイーズも！」

『ふぇ？』

半分寝ているルイーズと助けを求めて来た子を連れて、ひとまず家に戻った。

仕事の報告はまだだが、それどころじゃない。

家に戻ってきた俺たちは、まず竜舎に入った。

ルイーズはふらふらと自分のスライムベッドに戻っていって、俺と脱走してきたドラゴンの実質二人っきりになった。

「あんたは……たしかエマ、だっけ？」

『覚えててくれたんですか⁉』

「ああ、もちろんだ」

リントヴルムからはもう脱退したけど、あそこにいたときに会話をしたことのあるドラゴンの名前は全部覚えている。

暇さえあれば世間話をしてたからな。

エマ。

小型竜のスメイ種のドラゴンだ。

小型の中でもとりわけ小柄なタイプだが、能力が戦闘に特化しているタイプのドラゴンで、どのギルドにも大抵はいる種のドラゴンだ。

そんなエマと向き合って、聞いてみた。

「なんで逃げ出したんだ？」

『もうあそこはいやなんです』

「なんで？」

『この前、体の調子が悪い日があったんです』

「ふむ」

俺は小さく頷《うなず》いた。

一般的にあまり知られていないことだが、ドラゴンにも「体調」というものがある。

体調が悪ければ何をしても上手《うま》くいかないし、逆に良ければ普段以上の力が出る。

ドラゴンといえども生き物なので、そういうこともある。

が、それはほとんど知られていない。

『あの日は特につらかったんです。それで、休みたくてアピールしてたんですけど』

「聞き入れてもらえなかったのか」

『はい』

エマは小さく頷いた。

目に怒りの色がにじんでいる。

『無理矢理仕事に行かされて、大けがをしそうになったんです』

「それはいけない」

『それだけじゃなくて、仕事を失敗してしまった後、ギルドマスターが言ってたのを聞いたんです』

「ギルドマスターが？　なんて？」

『失敗した竜はもうダメだ。次もう一度失敗したら、使いつぶすか処分するか、って』

「相変わらずだな……」

俺は眉をひそめた。

リントヴルム、相変わらずドラゴンを道具としか思っていない。

俺はそれで対立して、ケンカして、追い出された。

その後もまったく体質は変わってなかった、ってことか。

……まあ、変わるはずもないんだが。

というか、迂闊《うかつ》すぎる。

人間にはドラゴンの言葉がわからないが、ドラゴンには人間の言葉がわかる。

それは、様々な出来事や経験的に、人間側もわかっていることだ。

なのに、ドラゴンにもわかるような言い方で「処分」とか「使いつぶす」とか口にするリントヴルムのギルドマスター。

はっきり言って……無能にもほどがある。

「それでエマは逃げ出してきたのか」

『はい、もう……あそこにはいたくありません。シリルさんが毎日庁舎に行ってることは聞いていましたので、シリルさんのことを待っていました』

「ふむ」

『お願いしますシリルさん！　私をここに置いてください！』

「ここに？」

『お願いします！　なんでもしますから』

「うーむ」

俺は腕を組んで、思案顔をした。

エマをここに置く。

ということは、つまりはドラゴンの移籍だ。

ギルドからギルドへの、ドラゴンの移籍。

それは、まったく「ない」話ではない。

竜市場があって、ギルド所属前の竜が普通に売買されている世界だ。

たとえギルドに所属した後でも、状況次第で移籍することはいくらでもある。

あるんだが。

それは簡単と言えば簡単な話だし、難しいと言えば難しい話だ。

まず、ドラゴンの移籍には、法律とか、ルールとか、そういうものは一切ない。

あるのは当事者同士の話し合いで、金銭面などの色々な条件に折り合いがつくかどうか、
というだけだ。

そういう意味では、話は極めて簡単だ。
しかし、実際にはおそらく難しい。
俺とリントヴルムの関係性を考えれば難しいだろうな。
俺はリントヴルムを追放された身だ。
なのにリントヴルムから逃げ出したドラゴンを匿《かくま》っている。
それだけで、話は色々と難しくなる。
果たして、リントヴルムは交渉に応じてくれるんだろうか――。
と、そんなことを思っている内に。
ドンドンドン、と。
家の方のドアが叩《たた》かれた。
乱暴な、敵意を隠そうともしない叩き方だ。
「むっ」
『き、来ちゃったの……？』
エマは軽く怯《おび》えていた。
「ああ、そうだろうな」
『シリルさん……』

怯えて、すがるような目で俺を見つめるエマ。

俺はエマの頭を撫《な》でて、安心させた。

「大丈夫だ、俺に任せろ」

そう言うと、エマの目が光った。

希望の光が瞳に灯《とも》った。

『本当ですか⁉』

「ああ」

俺ははっきりと頷いた。

「エマはなんとしても引き取る、俺に任せておけ」

『ありがとうございます！』

「ここで待ってて」

『わかりました！』

エマを置いて竜舎を出て、ぐるっと家を回って、玄関先に向かった。

すると、そこに見知った顔がいた。

ルイだ。

目が合うと、ルイは軽蔑するような、挑発するような目で俺を見てきた。

「何の用だ？」

「とぼけるな。目撃者がたくさんいるんだぜ。うちの竜がここにいるんだろ」

「とぼけてるつもりはない。あの子のことなら保護してる」

「だったら出せ、連れて帰るぞ」

「そうは行かない」

「なんだと？」

ルイは俺を睨《にら》んできた。

「あの子は俺が引き取る」

「何寝ぼけたこと言ってるんだ？」

「寝ぼけてなんていない」

「……本気かてめえ」

「ああ」

「もう一回聞くぞ。てめえ、本気で俺——俺たちリントヴルムとことを構えるつもりか？」

「逃げ出したものを竜の口に差し出す訳にはいかない」

ルイの眉が跳ねた。

目が血走った。

ほとんど宣戦布告だ。

竜の口——というのは「魔の手」に匹敵する慣用句だ。

かつて竜の繁殖法が確立されるまでは、竜は人間にとって恐れられる存在だった。

竜に「噛《か》み殺された」人間は数知れず、故に危険な存在のたとえとして竜の口という言葉が使われるわけだ。

俺はルイを睨んだ。

「話は聞いた。あの子がかわいそうだとは思わないのか？」

「かわいそう、だと？」

「ギルドマスターが、あの子を使いつぶしてもいいとか言ってたらしいじゃないか」

「はあ？　誰からそんなことを聞いたんだ」

エマ本人だ——と言っても、それを信じてないルイにはますます見下されるだけで話は進まないから伏せておいた。

「火のないところに煙は立たない。言ったんだろ？　というか、あの人なら言うだろう？」

「だからなんだ？」

「そんなギルドマスターのところにあの子を返すわけにはいかない」

俺は毅然《きぜん》とした表情で、言い放った。

「話を持って帰れ。あの子は俺が引き取る。トレードの交渉だ」

「てめえ……本気か？」

「ああ」

俺ははっきりと頷いた。

「話にならねえ。そんな話を聞く必要はこっちにはねえんだ」

「持って帰れって言った」

「しねえよ。どけ！」

ルイは俺を突き飛ばして、竜舎に入ろうとした。

竜舎の扉を開けて、中に踏み込んだ。

『ひぃ⁉』

中ではエマが怯えていた。

よほど……なんだろうな。

『ゴシュジンサマ？』

一方で、寝ぼけたルイーズが顔を上げた。

ルイーズは竜舎に闖入《ちんにゅう》した、ものすごい剣幕のルイをちらっと見て。

『なに、そいつ』

「ちょっとな」

『ゴシュジンサマのてき？』

「そういうことになる」

俺は小さく頷《うなず》いた。

「何をごちゃごちゃ言ってる！」

『ゴシュジンサマのてき――しね』

瞬間。ルイーズは寝ぼけた目のまま、口を開いた。

ルイーズの特殊能力、あの光の槍《やり》が放たれた。

光の槍はまっすぐルイに向かっていった。

ルイは慌てて避《よ》けた。

「てめえ！　何しやがる！」

ルイは俺に怒鳴った。

俺は冷ややかにルイを見た。

「……別に？　竜舎に不法侵入した人間がいたから、うちの竜が迎撃しただけだ」

「てめえ……」

ルイはますます怒りの表情を見せるが、どうにもならなかった。

竜舎への不法侵入者への迎撃。

それは、どこの竜舎もやってることだ。

ドラゴンというのは人間よりも遥《はる》かに強い、「力を持つ」存在だ。

そして、ほとんどのギルドにとって「財産」でもある。

財産を守るために、侵入者に対して自動迎撃を仕込むのはどこもやってることだ。

そのことに文句をつけても、味方をする人間はいない。

だからルイは言葉を詰まらせた。

「話を持って帰れ」

「……待ってろよ、吠《ほ》え面《づら》掻《か》かせてやるからな」

ルイはそう言って、身を翻《ひるがえ》して大股で立ち去った。

☆

それから一時間もしないうちに、リントヴルムのギルドマスターがやってきた。

ディッキー・ラージュ。

今年四十歳にもなる、豪傑タイプの見た目をした男だ。

そのディッキーと俺は、家のリビングで向き合って座っていた。

「話は聞いた。あの竜を引き取りたいそうだな？」

「ああ」

俺ははっきりと頷いた。

「何のために」

「あの子が無理矢理使いつぶされるのは見ていられない」

「誰からそれを聞いた」

「誰でもいい。それは今重要なことか？」

俺はそう言って、ディッキーを見つめ返した。

ディッキーは軽く俺を睨んだ後。

「ふん、そうだな」

と、話を軽く流した。

「結局、お前はそうなんだな」

「何とでも言え。それよりもあの子の件、どうするんだ？」

「ふん、あんな役立たずはもういらん。無能に毒されたドラゴンなど何の役にも立たない」

「だったら引き取るぞ」

「かと言って」

ディッキーは被《かぶ》せ気味で言ってきた。

「あれはリントヴルムの財産だ。何もなしに持っていかれてはメンツが立たん」

「いくら払えばいい」

俺はストレートに切り込んだ。

「金の話ではない」

「なに？」

「人にものを頼むときは、それなりの態度というものがある」

「……」

俺は無言で立ち上がって、ディッキーに向かって頭を下げた。

「お願いします。あの子を譲ってください」

深々と頭を下げて、言葉にも気をつけて、頼み込んだ。

こういうことなんだろう、と思った。

それは、半分くらい合っていた。だが。

「足りない」

「なに？」

「もっとちゃんとした態度があるだろ？」

ディッキーは挑発的に言ってきた。

向こうがほしいものの方向性は合っていた。

その度合いが、足りなかったようだ。

足りない……これ以上……。

それはつまり……。

俺はほとんど考えることなく、その場で土下座をした。

両手両膝を床につけて、頭も床にこすりつけて。

「お願いします。あの子を譲ってください」

と言った。

「ふん、命令をまともに聞かなくなった道具のためにそこまでするのか」

「……」

俺は反論しなかった。

あの子たちは道具なんかじゃない――と主張するのは簡単だが、今はそのときじゃない。

それに命令を聞かないいんじゃない。自分の意思で判断できるんだ。

むしろ素晴らしいことだ。

だがそれをわざわざ教えてやる義理はない。

嫌いな連中に、わざわざ成長や改善をさせるようなきっかけを与えてやる理由はどこにもない。

俺が反論しないで、ひたすら頭を床につけているのが効いたのか。

「物好きめ、好きにしろ」

ディッキーは侮蔑しきった語気を残して、立ち上がってリビングから出て行った。

俺は立ち上がった。

これで良し。そう思って家を出て竜舎に向かった。

竜舎に入ると、申し訳なさそうな顔をしているエマと、怒りの形相を浮かべるルイーズと、いつの間にか戻ってきていたコレットがいた。

「戻ってきてたんだ」

『あいつなによ』

コレットは憤慨していた。

『ゴシュジンサマ、なんで土下座なんかしたの？』

「それでエマを引き取れるんなら安いものだ」

『安いの？　土下座って人間にとって大変なことだって聞いたことあるけど』

「別に？」

　俺はけろっと言った。

「そりゃ何もなしに土下座をするのはいやだけど、それでエマを助けられるのなら安いもんだ」

『シリルさん……』

　エマは感激したような目で俺を見つめていた。

　目がうるうるして、今にも泣き出しそうな感じだ。

　そんなエマに向かって、俺は微笑《ほほえ》んだ。

「これでエマはもう自由の身だ」

『ありがとうございます！』

「これからどうしたい？」

『え？』

「え？」

　なんだ？　今の「え？」は。

『あの……シリルさん。シリルさんのところにいるのは、だめ、ですか？』

「ああそういうことか。いや、もっと他に行きたいところがあるんなら、って話なんだ」

『そんなのないです！』

エマは身を乗り出すほどの勢いで、強く主張してきた。

『私はシリルさんのところがいいです！』

「わかった。じゃあこれからよろしくな」

『はい！』

深く頷くエマ。

こうして、我が家――ギルド『ドラゴン・ファースト』に三人目が加入した。

『にしてもさっきのヤツむかつく』

『月のない夜はいつかな』

一方でルイーズとコレットは何やら物騒なことを言っていたが……後でちょっと注意しておこう。

この話はもう終わりなんだから、余計な争いは無用だ。

そう、思っていると。

三人の体から光が溢《あふ》れ出した。

竜舎の中をまばゆく照らし出す、まぶしい光。

「なんだ⁉」

不思議な感覚だった。

何故《なぜ》そうした——と聞かれると答えようがなかった。

だけど俺は、強く何かに誘われるように、光の中に手を伸ばした。

触れた直後に光が更に——爆発的に広がった。

「うわっ！　な、なんだ？」

まぶたを閉じて、顔を背けて光から逃げる。

しかしまぶしかったのは一瞬だけだった。

光はすぐに収まった。

収まった後、俺の手の中に何かがあった。

それは指輪だった。

「指輪って……なんで？」

『それ！　もしかしてアーティファクト？』

「アーティファクト？」

俺が持っている指輪を見て、三人とものすごくびっくりした顔をしていた。

15. 最高の相性

「アーティファクトって……なんだ？」

初めて聞く言葉だ。

『竜の秘宝と呼ばれているものです』

答えたのはエマだった。

「竜の秘宝？」

『はい。その大昔、竜王M・Nが主神ロマンシエの力を借りて作った、ドラゴンたちにとっての宝です。竜に愛されし者の元にだけ現れると言われています』

「竜王M・N……」

またその名前が出てきたか。

『人間より前に、竜が地上を支配していたころのドラゴンの王です。歌がすごくうまくて、その歌声であらゆる生物をひれ伏せさせたと言います。主神ロマンシエもファンだったらしいです』

「すごい神話だな。でもアーティファクトなんて……」

『私もアーティファクトを見るのは初めてです』

『あたしも』

『うん……』

「そうか……あれ？」

納得しかかったところで、違和感を覚えた。

最初に答えたエマも、そしてルイーズにコレットも。

全員が、見るのは初めてだと言う。

「みんな初めて見るのに、なんでこれがアーティファクトだってわかるんだ？」

『わかるんです、その、本能で……』

エマが真顔で真剣そのものの声のトーンで答えた。

ルイーズとコレットは小さく頷《うなず》いた程度にとどまった。

「本能で、か」

俺は持っている指輪を見つめた。

俺には、そこまでの何かは感じない。

手元にある指輪は、俺からすればただの指輪だ。

だけど、本当に三人が「本能で」わかるくらいのものだったら、これはものすごいお宝だ。

「じゃあ……はい」

俺はそう言って、指輪を三人に向かって差し出した。

ルイーズも、コレットも、エマも。

三人が一様に、びっくりした顔で俺を見た。

『はい、って。どういうことなのゴシュジンサマ』

「だって、これはドラゴンたちのお宝なんだろ。そしたらお前たちが持ってた方がいいだろ？」

『そ、それは……そう、かな？』

「うーん、コレットが持ってた方がいいかな。お腹《なか》に入れとけばいいし」

『えええええ⁉』

水を向けられたコレットが素っ頓狂な声を上げた。

『だめだよ！　アーティファクトを胃袋に入れるなんてバチがあたる』

「そうなの？」

『シリルさん、私たちじゃ、恐れ多くて持っていられないです』

エマがそう言い、ルイーズとコレットがコクコクと頷いた。

普段、どっちかと言えば自由な性格のルイーズやコレットが揃《そろ》って恐縮してる。

よほどのことなんだろうな、と思った。

「わかった、じゃあこれは俺が大事に預かる」

そう言うと、三人は見るからにホッとしたようだ。

「しかし、これはどういうお宝なんだろ。俺の目には普通の指輪にしか見えないんだけど」

……。

俺は少し考えてみた。

ちょっと怖くはあるが、それと同じくらい好奇心が頭をもたげている。

アーティファクト――指輪をつけてみた。

サイズ的に、人差し指と合ったから、そこにつけてみた。

指輪をつけて右手の人差し指をじっと見つめた。

手首をクルッ、クルッ、と回して、何か変化がないか確認もしてみた。

『ど、どうなの？』

『なにか変化はありましたか？』

ドラゴンたちが、俺以上に恐る恐るといった感じで聞いてきた。
「うん、特に何も変わらないな」
俺は指輪を見つめたまま答えた。
つけてみたけど、今のところ何も変わらない。
指につけるものじゃないのかな——。
「え？」
顔を上げた俺は驚いた。
『どうしたんですか？』
「それ……」
『それ？』
俺が指さしていうと、エマは自分、そしてルイーズとコレットをくるっと見回した。
ルイーズとコレットもだ。
俺が彼女たちを指さすと、彼女たちは不思議そうに互いを見た。
互いを見ても、頭に浮かんだ「？」は取れていない。
それはつまり——俺が今見ているものが、彼女たちには見えてないってことだ。
俺は指輪を外した。

すると、それは見えなくなった。
もう一度つけてみた。
つけると、それが見えるようになる。
『なんなの？　わかるように言いなさいよ』
コレットがちょっとイライラした感じで言った。
そんなコレットに向かって、俺は。
「コレット、お前、今日は体調悪いのか？」
『え？　そ、そんなことないわよ』
軽く動揺したコレットだったが、意地を張って否定した。
「そう？　でもアーティファクトがそう言ってるけど」
『アーティファクトが？』
「ああ。三人の頭の上に――二本のバーが見えてる」
俺に言われて、三人は互いの頭上を見た。
『何もないけど』
『バカね、だからアーティファクトの力なんでしょ』
ルイーズがコレットに指摘した。

『うっ、わ、わかってるわよ』

コレットは言葉に詰まった。

普段ならここで一言二言は言い返すのがコレットなのだが、ことがアーティファクトとあっては言い返せないって感じだ。

俺はその二本のバーを更に見た。

すると、次第に「何となく」わかってきた。

二本のバーは、それぞれ彼女たちの体と、心の健康度を表しているのだろう。

コレットは、体力のバーが半分くらいにまで減っている。

「疲れてるんだな、コレットは」

『そ、それは……』

「そうか、考えてみたら最近一人で働かせてるからな。そりゃ疲れもするか」

『べ、別にこれくらい、どうってことないわよ』

「無理はしなくていい。今日は休め」

『だから別に――』

「このアーティファクトは、竜たちに無理をさせないために俺の手元に来たんだと思う」

アーティファクトをもう一度持ち出す。コレットはまたしても黙り込んだ。

「無理はするな。休め」

『ふ、ふん。わかったわよ。休めばいいんでしょ休めば』

コレットは渋々ながらも、俺が休めと言ったのを受け入れた。

俺は指輪を、そして、三人のバーを見た。

これは、最高のアイテムだ。

これがあれば、ドラゴンたちに無理をさせずに済む。

ドラゴン・ファーストとして、最高のアイテムを手に入れた、と俺は強く確信したのだった。

16. とむらい

あくる日の夜、家のリビングでくつろいでいると、ドアノッカーの音が一人っきりの家の中に響き渡った。

竜舎がメインの家で、人間が住む建物はそれほど大きくはないといっても、それでも四〜五人は優に住めるほどの広さだ。

その家で一人っきりなのだから、ちょっとした物音でもよく響く。

俺は立ち上がって、玄関に向かった。

玄関のドアを開けると、一人の男がそこに立っていた。

「夜分に失礼します。シリル・ラローズ様で間違いないでしょうか」

「そうですけど、あなたは？」

「申し遅れました。わたくし、ロラン・フローリと申します」

「ロランさん」

呟《つぶや》きつつ、記憶を探る。

初対面なのは間違いないし、名前自体も聞くのは初めてだ。

「実は、シリル様に依頼したい仕事がございまして」

「仕事……それはいいですけど、なんで俺なんですか？」

俺はそう聞き返した。

ちょっとだけ警戒した。

こんな夜にいきなり訪ねてきて、名指しで仕事を依頼してくる。

リントヴルム級のギルドとか、Aランクの竜騎士ならともかく、俺くらいの竜騎士でそういう指名は普通あり得ない。

だから俺は警戒した。

「モリニエール様のご紹介です」

「モリニエール……？」

記憶を探ってみた。

こっちは聞き覚えがあった。

しばらく考えて、思い出した。

「ああ、カトリーヌ嬢のところですか」

「さようでございます」

カトリーヌ・モリニエール。

ちょっと前に役所経由で受けた依頼で知り合った良家のお嬢様だ。

男爵と恋愛・文通をしていて、その男爵に送るラブレターを速く届けてほしい、という依頼内容だった。

他の竜騎士が三日かかるところを、俺は一日で往復してきた。

そのことで名前を覚えられたのだ。

「そうですか――すみません。こんなところじゃなんですから、中へどうぞ」

「失礼します」

カトリーヌ嬢の紹介だと知った俺は、とりあえず詳しい話を聞こうと、ロランを家に上げた。

☆

リビングで、ロランと向き合って座った。

「それじゃ改めて……どういう依頼なんですか？」

「とある竜騎士ギルドが、『討伐』に失敗しました」

「むっ……」

話を聞いた瞬間、顔が強《こわ》ばったのが自分でもわかった。

討伐というのは、竜騎士に依頼される仕事の中で、もっとも危険だが、その分、報酬と名声のリターンが大きい仕事だ。

大抵の依頼はある程度の数が発生したモンスターの集団を討伐するというもので、討伐と言うからには戦闘することが前提だ。

そして戦闘となれば、もちろん危険もある。

その危険の果てに、竜騎士や竜の損害が出ることももちろんある。

「失敗というのは、どれくらいの失敗なんですか？」

「全滅です」

「なんですって？」

「先遣隊――第一陣が文字通りの全滅、でございます」

「……」

俺は絶句した。

先遣隊とは言え、殲滅《せんめつ》されるのはなかなかないことだ。

少なくともここ五年くらいには起こらなかったこと。

「そこで、回収して来てほしいのです。ギルドの竜騎士たちの遺品を」

「はい。そのギルドの規則では、討伐に出かける竜騎士には、出発直前に遺書をしたためて、それを持っておくことが義務づけられていました」

「なるほど」

「それを回収して来ていただきたい——というのが依頼の内容でございます」

なるほど。

話はわかった。

「それはいいんですけど、討伐隊を全滅させるほどの敵地に突っ込むほどの力はないですよ」

「それは大丈夫です。ギルドの本隊が、威信をかけて更なる討伐隊を編成、投入しております。そのため遺書の回収までは手が回らない、ということでございます」

「なるほど」

メンツのせいか。

まあ、わかりやすくはある。

そういうことなら……。

「報酬は5000リール、で如何《いかが》でしょうか」

「遺品？」

「引き受けます」

俺は即答した。

5000リールというのは、迷う時間さえもったいないほどの額である。

「ありがとうございます。お願い致します。遺書さえ回収して来ていただければ、竜具等はお好きに処分していただいて結構です」

「はい……」

☆

次の日、俺はルイーズ、コレット、エマの三人と一緒に、ボワルセルの街を出た。

向かう先はダンジグ渓谷という場所で、ボワルセルの街から二日ほど行ったところにある渓谷だ。

そこで、討伐隊の第一陣の竜騎士たちが全滅しているらしい。

報酬5000リールの大仕事だから、『ドラゴン・ファースト』総出になった。

『ねえ、ゴシュジンサマ』

「どうしたルイーズ」

『竜具は好きに処分していい、っていうのはどういうことなの？』

「聞いてたのか、昨夜の話」

『ドラゴンは人間よりも耳がいいから』

「そうか」

俺は微苦笑した。

ってことは俺が家の中にいて、ドラゴンたちが竜舎にいても、俺の行動は全部ダダ漏れの筒抜けってことか。

それは――うーんちょっとどうなんだろうか。

そう思ったが、今はその話じゃなかった。

「今回に限った話じゃないけど、一般的に、戦場跡というのは宝の山なんだ」

『宝の山?』

「戦場に出る人間は、普段の生活よりも何十倍、へたをすれば何百倍もの高価な装備を身につけてる。その持ち主が死んだからと言って、装備の価値がなくなるわけじゃない。だから大昔から、戦場跡で遺品を剥いで換金する、という行為が当たり前のように行われてきたんだ」

『人間って……そんなこともしてたの?』

コレットがあきれ顔をした。

「してたんだ。まあでも、それも命がけなんだ」

『なんで？』

「不発の魔法アイテムを、小遣い稼ぎの子供がうっかり触れて発動させて、呪い殺された
——なんて話もよくあるから」

『やな話』

「俺もそう思う」

俺は微苦笑して、話を続けた。

「で、竜騎士とドラゴンだと、身につけてる竜具は普通の兵士の装備よりも更に高いこと
が多いんだ」

『なるほど、それも報酬としてどうぞ、ということなんですね』

エマがすっと理解して、俺は小さく頷《うなず》いた。

「そういうことだ」

☆

三日くらいかけて、ダンジグ渓谷にやってきた。

二日くらいの道程だったけど、ルイーズの睡眠時間を確保するために一日遅れての到着

になった。

ギルドマップを使い、ロランから教えてもらった戦いの跡地にやってきた。

そこは――かなりの修羅場だった。

人間がざっと二十人、ドラゴンは三十頭を超える。

まさに屍山血河《しざんけつが》と言っていい有様だ。

「エマ、周りに敵の気配は？」

俺はエマに聞いた。

エマは戦闘に向いているスメイ種のドラゴンだ。

純粋な戦闘能力もさることながら、敵の有無を察知する能力にも長《た》けている。

俺に聞かれたエマは、周りをぐるっと見回した。

「大丈夫です。周りに敵意はまったく感じられません」

「よし」

俺は小さく頷いた。

頷きつつ、今確認をしてもらったエマと、そしてルイーズにコレットたちと向き合った。

懐《ふところ》から、小さなロケットを取り出す。

「手分けして、こういうのを探してくれ。話だと竜騎士たちはこういうものを規則で必ず持ってるはずだ」

『わかりました』

『はーい』

エマとルイーズはすんなりと納得して動き出したが。

『本当やな仕事』

コレットだけが、いまいち納得できずにいた。

「ごめんな、こんなことをやらせて。どうしてもだめっていうなら休んでていいぞ」

『や、やらないなんて言ってないでしょ』

「そうか？」

『いやな仕事ってだけ。仕事だからやるわよ』

「そうか……ありがとう、助かる」

俺はそう言って、コレットを撫《な》でた。

人間よりも遥《はる》かに硬い鱗《うろこ》や皮膚を持つドラゴン相手なので、叩《たた》くくらい強めの力で撫でる。

『……ふん』

コレットは鼻を鳴らして、死体から目当てのものを探すために動き出した。

四人で手分けすると、二十人分の遺書は五分くらいですぐに回収できた。

「これで全員分だな。コレット、これを頼む」

俺は遺書の入った全員分のロケットを差し出した。

コレットは『わかった』と言って、全部を飲み込んだ。

ムシュフシュ種の胃袋の中に保管したのだ。

『じゃあ帰ろう。こんな所あんまりいたくない』

「ああ、ちょっと待って、もう一仕事だけ頼む」

『まだ何かあるの？』

「ああ。ここにいるドラゴンたちを埋葬していこう」

俺がそう言うと、コレットたちは一斉にきょとんとなった。

『埋葬、ですか？』

「ああ。さすがに――」

俺はぐるっと見回した。

あっちこっちに倒れている、野ざらしのドラゴンたちの死骸。

「――このまま野ざらしなのは悲しすぎる」

『ゴシュジンサマ？』

「うん？　なんだ？」

『それって、ドラゴンの墓を作るってこと？』

「ああ」

『『『…………』』』

俺が言うと、三人はますます驚き、絶句してしまった。

『ゴシュジンサマ……』

「うん？」

『変な人、だね』

「そうかもしれないな。悪いな、付き合わせて」

『ううん、変な人だけど……いい人』

『はい。ありがとうございます、シリルさん』

ルイーズとエマは素直に喜んでくれた。

同じドラゴンの同族を、野ざらしにじゃなくて埋葬してくれるというのが嬉しかったようだ。

俺たちは手分けして、ドラゴン——ついでに竜騎士たちも埋葬した。

ドラゴンたちを埋葬していく最中、妖精は何度も光って、ギルドの経験値が溜《た》まっていったのだった。

17. 神の子

「シリルさん、お手紙です」
「手紙？」
玄関先で、俺は郵便屋から受け取った手紙を見て、眉をひそめた。
手紙なんてもらうのは何年ぶりだろうか。
そもそも手紙を送るというのはかなり高いものだ。
当然である。
人間一人を使ってものを届けるのだ。
つまり、その人間が動く分の金を――日当などの計算で支払わないといけない。
人間を使うというのはそういうことだ。
だからほとんどの手紙は、まとまった数を請け負ってまとめて運ぶ。
それで一通あたりの運送代を抑えるのだ。
しかし、この手紙はどうやら俺だけの所に送られてきた手紙。

郵便屋を、この手紙のためだけに動かした。

それだけで、かなりの大事だ。

俺は手紙の封を切って、中身を取り出した。

「ローズ？」

手紙はローズからのものだった。

というか、役所からのものだった。

話があるから今日中に来てほしい、という内容だ。

「むぅ……」

手紙に何の用事なのかは書かれていなかった。

とにかく来い、という内容だ。

『ゴシュジンサマ、仕事に行くの？』

竜舎からルイーズが出て来た。

まだちょっと眠たげな――割といつもの雰囲気だ。

「……今日は別の用事があるから、ルイーズは寝てていいぞ」

『いいの？』

「ああ」

『わかった。お休みゴシュジンサマ』

ルイーズはそう言って、竜舎の中に戻っていった。

こういう場合、これから夜まで二度寝をするのだろう。

いつもなら、役所へはルイーズと一緒に行って、掲示板にある依頼を受けてくるのだが、今日は先が読めないから、ルイーズは家に置いていくことにした。

☆

役所の中。小さな応接間で、ローズと向き合って座った。

「ごめんね、急に呼び出したりして」

「かまわないよ。それよりも何かあったのか？」

「うん。実は……シリルのギルドがレベル3になったんだ」

「……へえ」

ちょっとだけびっくりした。

まさかそういう話だとは思っていなかったのだ。

久しぶりにちゃんとギルド妖精《フェアリー》を見てみると、確かにレベルが3に上がっていた。

「……」

「あれ？」

「どうしたの？」

「いや、何でもない」

何となくギルド妖精《フェアリー》が微笑《ほほえ》んだような気がしたけど……気のせいか。

「それよりも、なんか浮かない顔をしているけど、どうしたんだ？」

そう言って、ローズを見つめる。

レベルが上がったのならめでたい話のはずなのに、ローズは浮かない顔をしている。

何かがあるのか？

「こんな短期間で、一人ギルドがレベル３になるなんて通常あり得ないことなの」

「ふむ」

「一人ギルドでレベル３まで上がるためには……三ヶ月は普通かかるものなのよね」

「……ふむ」

同じ言葉を、重々しく呟《つぶや》いた。

「何をしたの？」

「いや、別に何も。いつも通りにしてただけだ」

俺は理解した。

異常とも言えるギルドレベルの上がり方。その理由を詰問《きつもん》するために呼び出されたのだ。

理解はした、が。

答えようがなかった。

「いつも通りか……人員を大増強したとか、ズルとかはしてないのよね」

「別に、竜を一人増やしたけど、大増強ってほどじゃ」

「ってことは——今は三頭？」

「うん」

「人間一人、竜が三頭。それでこんなに速くレベルが上がるのはあり得ないんだけどなあ
……」

「と、言われても」

「何でもいい。何か心当たりはない？」

「ないなあ……」

「そっか……」

ローズは複雑そうな表情をした。

「何かまずいことでもあるのか？」

「まずいというか、一人ギルドでこのペースは、間違いなく史上最速だからさ」

「史上最速」

今までの自分には縁のないタイプの言葉だった。

口に出して言って、舌の上に転がしてみても、やっぱり現実味はなかった。

「だから確認しなきゃって。なんでもいいんだ。どんな些細《ささい》なことでもいいから、心当たりは？」

「些細なことだったら……ギルド名かな」

「ギルド名？」

「ドラゴン・ファースト。竜を大事にする、ってことかな」

俺は本音を口にした。

俺が、他のギルドと違うのはそこだけだ。

もちろんドラゴンたちの言葉がわかるのもあるが、本質はそこじゃない。

ドラゴンたちのことを大事にしてる、というのが俺と他のギルドとの一番の違いだ。

「竜を大事にする」

「ああ」

「関係があるようには思えないなあ」

「関係なくても、みんなそうすればいいのに、とは思うんだけどな」

「そりゃ難しいよ」

ローズは微苦笑した。

まあ、そりゃそうだ。

「まいっか。それよりもギルドのレベルが3に上がったから、ギルドストレージが使えるようになったよ」

「ギルドストレージ？」

「ギルドの人間だけしか出入りができないスペース。物置に使ってるギルドも多いから――倉庫みたいなものかな」

「へえ」

それは、ちょっと面白いな。

「うまく活用してね」

「わかった。ありがとう」

☆

俺は街の外れにある、ギルドストレージにやってきた。

外から見る分にはただの倉庫だ。

しかし、ギルドに正式登録している竜騎士かドラゴンしか入れない魔法がかけられている。

登録済みだったら特に何もしなくても自由に出入りすることができるが、登録されてない者は何をしても入れない。

厳密には、倉庫にかけられている魔法をより大きな魔力でぶち破れば入れるが、それをやると猶予なしの一発実刑って法律で決められてるから、あえてやる人間はほとんどいない。

そのギルドストレージをチェックした後、家に戻ろうとした。

しかしその途中で、ルイと遭遇してしまった。

飯屋が集まっている通りでばったり出くわし、向こうは俺を睨《にら》んでいた。

なんだ？　と思っていると。

「レベル3になったんだって？」

「耳が早いな。そうだ」

「どんなズルをした」

「へ？」

「当然だろ。人間が一人、ドラゴンが三匹だ。それでこんなに速くレベルが上がるわけがない」

「ふむ」

ルイも、ローズと同じことを話していた。

人員を大増強していない一人ギルドのレベルがそんなにポンポン上がるわけがない、という話。

違うのは、ローズはそれでも「イレギュラーもときにはある」という感じで納得してたのに対して、ルイは最初っから俺を疑ってかかってくる。

疑ってかかるのは別にいいんだけど。

「ズルなんてしてない」

そんな風に疑われるのは気分がいいものじゃないから、最低限の弁明はすることにした。

「嘘《うそ》をつくな」

「嘘なんかついてない。そもそも」

俺は目を眇《すが》めてルイを見た。

「ズルなんてしてたら、すぐに国にバレる。国はそんなに簡単に騙《だま》せる相手なのか？」

「……」

ルイの顔がゆがんだ。

はっきりとわかる、見るからに悔しそうな顔だ。

「だったら、なんでこんな速さでレベルが上がったんだ」

「さあ、俺はいつも通りにやってるだけだからわからないな」

「いつも通りだと?」

「ドラゴン・ファーストだ」

「ふざけんな!」

ルイは今にも食ってかかるほどの勢いで怒鳴ってきた。

道のど真ん中での言い争いに、周りの通行人がビクッとして、関わり合いにならないように俺たちから離れた。

「ふざけてないけどな」

「──ふん!」

ルイはしばらく俺を睨んだ後、自分の行動が周りの注目を集めていることを理解したのか。

面白くなさそうに鼻を鳴らして、立ち去ってしまった。

まったく、そんなことなら関わってこなきゃいいのに。

☆

ルイと別れた後、俺は家に戻ってきた。

手に入れたばかりのギルドストレージ、ドラゴンたちを連れていって、色々と試したかった。

特にコレット。

胃袋が財布どころか小さなストレージになるほどのムシュフシュ種。

そのコレットとギルドストレージの組み合わせが面白そうだと思った。

そんなわくわく感を抱えて、家に戻ってきたが、家の前に一両の馬車が止まっていた。

その馬車は見るからに豪勢で――どこかで見たことのあるような馬車だった。

「シリル様！」

馬車の中から、一人の少女が俺の名前を呼んだ。

名前を呼びながら、馬車から半ば飛び降りるほどの勢いで、少女がこっちに小走りでやってきた。

「姫様!?」

現れたのは、少し前に助けたあの姫様だった。

そうか、馬車に見覚えがあったのは、姫様の命を実質助けたあのときと同じものだったからなんだ。

「よかった。お会いしたかったです、シリル様」

「はあ……」

「シリル様の活躍は聞いております。さすがです、シリル様」

「活躍？」

「はい！」

姫様は満面の笑みで頷《うなず》いた。

「様々なお仕事をこなし、更には史上最速でギルドレベル３に到達。今もっとも注目されている竜騎士様です」

「そ、そうなんだ」

なんか面映《おもは》ゆかった。

姫様にそこまで——過剰に褒められると恥ずかしかった。

「むっ」

俺は、周りの注目を集めていることに気づいた。

俺はそうじゃないが、姫様はどうしたって注目を集める格好をしている。

このまま外で——はまずいな。

「姫様、ここじゃなんだから、どうぞ中へ」

「はい！」

姫様は周りの視線などまったく気にしていない様子で、俺についてきて、家の中に入ってきた。

家には応接間なんてしゃれたものはないから、姫様をリビングに通すしかなかった。

取りあえず姫様を座らせて、俺も向かいに座る。

「それで……姫様。今日はどうして……」

「はい。シリル様にお願いがあってきました」

「お願い？」

姫様が俺にお願い？

あまりのことに、俺は身構えてしまった。

「そうです。間違いなく世界最高の竜騎士であるシリル様にお願いです」

「それは褒めすぎだ」

世界最高の竜騎士とか……うん、本当に褒めすぎだ。

「そんなことはありません！」

「えっと、まあ、ありがとう」

どうやら姫様の中ではそうみたいだ。

仕方ないから、そこはスルーして、話を進めることにした。

「それよりも、頼みごとというのは？」

「あっ、失礼しました。実は、最高の竜騎士であるシリル様に預かってほしい子がいるのです」

「預かってほしい子？」

それって……。

「それってドラゴンのことだよな」

「はい！」

「なるほど」

俺はちょっとだけ納得した。

「特別なドラゴンです。是非シリルさんになんとかしてほしくて」

「そうか」

俺はちょっとホッとした。

なんというか、うん。

いきなり姫様がやってきたことで身構えたが、意外と真っ当な話だった。

ドラゴンならきっと何とかなるはずだ。

言っちゃなんだけど、ドラゴンは人間に比べて性格がまっすぐだ。

言葉がわかる俺ならなんとかなる、という自信がある。

「俺でいいのか？」

「シリル様にこそお願いしたいのです！」

姫様は力説した。

悪い気はしなかった。

そこまで買われているというのは、結構嬉《うれ》しいことだ。

「わかった、引き受ける」

「ああっ、ありがとうございます‼」

姫様は思わず立ち上がるほどの勢いで喜んだ。

「それで、どんな種なんだ？」

「フェニックス種です」

「……え？」

俺は耳を疑った。

「フェニックス種の子なのです」

「………」

やっぱり信じられなかった。

「それって……もしかして」

ゴクリ、と生唾を呑んだ。

「神の子っていう別名がある、あの？」

「はい」

「なんでまた神の子を、俺に？」

「それは……」

姫様は何故《なぜ》か顔を赤らめて、ちらちらと俺の方を見た。

その反応はまるで恋する乙女が好きな人の前で見せる反応のようだが、話の流れからしてその解釈はおかしい。

実際どういうことなんだろうと俺は不思議に思った。

一方、姫様は恥じらいつつも。

「シリルさんにしかできないことだと思うからです‼」

と迫ってきた。

姫様の期待と、持ち込まれてきた依頼は、ものすごく大きなものだった。

18. 炎の中から復活

「あの……シリルさん」

「え？」

俺が沈黙していると、姫様が恐る恐るといった感じで俺の顔を覗《のぞ》き込んできた。

「ご無理をお願いしてしまったのでしょうか」

「いや、どうしてそんな大役を俺に？　って思ったんだ」

本当にそうだ。

王女から持ち込まれた頼みごと、「神の子」という大それた別名。

それでびっくりしない方がどうかしてる。

「そ、それは……」

一方、俺の返答に姫様は息を呑んだ。

その後きょろきょろと目を彷徨《さまよ》わせて挙動不審になった——かと思えば、今度は顔を真っ赤にして目線を逸《そ》らしながらもちらちらこっちの様子を窺《うかが》ってくる。

一体どういうことだろうか。

「実は」

「実は？」

「実は……シリル様が神の子にまたがったところを見たくて……」

「え？　ごめん、もうちょっとはっきりと」

「な、何でもないです！」

姫様は慌てて、手を振って否定する。

「シリル様のギルドは規模が小さいので——そう、ギルドに箔《はく》をつけなければと思ったのです！」

「ああ、なるほど」

俺は頷き、納得した。

そこまで考えてくれたのかと少し感動した。

そういうことなら……受けない理由はどこにもなかった。

俺は、まっすぐに姫様の方に向き直って。

「ありがとう……ございます」

と、丁寧に頭を下げた。

「神の子」受け取りのため、ボワルセルの街を発《た》った。

どんなことよりも最優先すべき案件だから、俺はルイーズ、コレット、エマの三人を連れて行くことにした。

運搬が得意なバラウール種のルイーズの背中に乗って、コレットとエマの二人を左右に連れている。

そして、その更に横に姫様の紋章がついた馬車が並走している。

馬車の中に姫様が乗っている——かと思えばそんなことはまったくなくて。

「うわあ……すごいです」

姫様は俺の後ろに——同じルイーズの背中に乗っていた。

俺があぐらを組んで適当に座ってるのに対して、姫様は膝を揃《そろ》えて上品に座っていた。

「こんなに乗り心地のいいドラゴンは初めてです」

「ルイーズには前にも乗ったはずじゃ？」

「あ、あのときはっ」

姫様は顔を赤らめて、慌てた様子で答える。

「色々と動転していましたから、あまり覚えてなくて」

「ああ……そりゃそうだ」

俺は頷《うなず》き、納得した。

馬車ごと崖の下に落ちて、周りの護衛が全滅してるような状況だったっけな。

それでドラゴンの乗り心地がどうとか考えられる余裕があったらものすごい大物だ。

「でも、本当に全然揺れなくて、すごいです。ここまで手懐《てなず》けられるなんて、さすがシリル様」

手懐けてる、っていう言い方はあってるのかどうかちょっと迷いどころだが。

『安心してゴシュジンサマ、ご機嫌を取りたい相手でしょ、丁寧に歩くから』

ルイーズがそんなことを言ってきた。

その通りなんだけど口に出して言わなくても、と思った。

もっとも、ドラゴンの言葉は俺以外にはわからないから、口に出して言っても何も問題はないんだけど。

俺は返事をする代わりに、ポンポン、とルイーズの背中を叩《たた》くように撫《な》でた。

言い方はちと露骨過ぎるが、姫様がご機嫌を取りたい相手だというのはまったくその通りだ。

それを汲《く》んでくれたルイーズに感謝だ。

「やはり、神の子のことをシリル様にお願いして正解でしたわ」

「それなんだけど、あれから軽く調べたみたら、神の子って大分前に死んでて、子供もいないって言われてるみたいなんだけど」

「はい、その通りでございます」

「え？」

俺はびっくりした。

大分前に死んでて、子供もいない。

姫様が依頼をしてくるのなら、この話は嘘《うそ》か、単なる噂《うわさ》か、何か情報が足りないっていうことだと思っていた。

それがまさか、姫様が「その通り」と全肯定してくるとは思わなかった。

「どういうことなんだ？」

「フェニックス種――神の子は、地上でただ一頭しかいないと言われています」

「ふむ」

「子をなさない代わりに、死んでもいつかは復活する、という言い伝えがあるのです」

「そうなのか⁉」

俺は更にびっくりした。

ドラゴンには、人間あるいはその他の生き物を超越した特性やエピソードがたくさんあるが、死んでも復活する、というのはさすがに想像だにしなかった。

俺はポンポン、とルイーズの背中を叩いた。

今の話は知ってる？　とルイーズに尋ねる無言の合図だ。

『聞いたことはあるよ』

『ドラゴンだけどドラゴンを超越した存在だって聞いてます』

『生きてる間は絶対にダメージを受けないって聞いたこともあるね』

ルイーズが答えると、エマもコレットも聞いていたようで、自分が持ってる知識を教えてくれた。

どうやら本当のようだ。

「すごいんだな……神の子というのは」

「はい！　でも、死んでしまってからもう何百年も経《た》つのにまったく復活していない状況でして……シリル様ならなんとかしてくださる！　と思いまして」

「それは……なるほど」

頷いたが、大丈夫なのか？　という気持ちで一杯だった。

まさか相手が生きてるドラゴンじゃないというのは、本当に予想外だった。

☆

旅は二日くらい続いて、ようやく目的地に辿《たど》り着いた。

そこは山の頂上にある、立派な神殿だった。

山道は険しく、道中ついてくるだけの馬車は、とうとうついてくることすらできなくて、麓で待っていることになった。

姫様はすっかり慣れた様子でルイーズの背中に乗ったまま、一緒に山を登ってきた。

「ここです」

「わかった」

俺は先にルイーズから飛び降りて、下で手を差し伸べた。

姫様は俺の手を取って、ゆっくりとルイーズから降りた。

降り立った姫様は、神殿に向かっていく。

神殿の横に小さな駐留所っぽい建物があって、表に番兵らしき男が立哨《りっしょう》していた。

姫様が近づいていくと、向こうも既にこっちに気づいているらしくて、びしっ！　と背筋を伸ばして敬礼した。

「お待ちしておりました、王女殿下！」

「ご苦労様。早速ですが、神の子には会えますか」

「はい！　いつもとまったく変わりがございませんので、いつでもお会いできます」

「そうですか、ご苦労様」

姫様はもう一度番兵の労をねぎらってから、俺の方に振り向いた。

「ということですので、早速入りましょう」

「わかった。ルイーズ、コレット、エマ。ここで待っててくれ」

『わかった』

『さっさといきなさいよ』

『お待ちしてます』

三者三様の言葉で、ドラゴンたちは俺を送り出した。

俺は姫様と連れだって――気持ち一歩後ろに下がった感じで一緒に神殿の中に入った。

神殿の中はシンプルな構造で、骨になったドラゴンが寝そべっている姿勢で横たわっていた。

「これが……神の子」

「はい。ご覧の通り、骨です」

「骨になって数百年ですが、伝承通りいつか復活すると信じて、国がこうして守っています」

「なるほど」

「どうでしょう、何かわかりませんか？」

「ちょっと……見て回ってみる」

何かわからないかと言われても正直なところ困ってしまうのだが、俺はとりあえず骨を観察することにした。

ぐるっと半周して、巨大なドラゴンのガイコツの反対側に回った。

何となく触れてみた。

うーん、これは何もわからない、かな。

『ほう、久しいな。番兵以外の人間が神殿に入ってくるのは何十年ぶりだ』

「え？」

『その女は王族の血の匂いがするな。男は……庶民か』

「お前が話してるのか？」

『ふむ』

「ああ……」

「お前が神の子、フェニックス種のドラゴンか」

『我に話しかけているのか？　人間が』

「そうだ」

『……ほう？　これはこれは。もしや言葉が通じているのか』

「そういうことだ」

『…………ぐわははははは！』

数秒くらいの沈黙の後、大笑いされた。

『これは愉快。まさか我の言葉を耳で捉えられる人間が存在していようとはな』

「それはこっちの台詞《せりふ》だ。まさか死体が喋《しゃべ》るとは思わなかった」

『ぐわははは、なるほど、そこは人間の尺度のままなのだな』

「むぅ」

『で、何をしに来た、人の子よ』

「えっと……そろそろ復活しないか、って言いに来たんだけど」

『ふむ』

「そういう言い伝えが人間側に残ってるんだ」

『それは知っておる。だが、人間たちには、我の復活の方法を教えておいたはずだぞ？』

「なに？」

　俺は驚いた。

　ぐるっと更に半周回って、姫様のところに戻ってきた。

「ちょっといいか」

「なんでしょう」

「神の子の復活、そのやり方って、何か言い伝え——とか、文献に残ってないのか」

「いいえ、まったく」

　姫様はあっさりと言い切った。

『ぐははは、そう来たか。まあ、人間の記憶は風化しやすい。文献なぞ権力者の都合のいい内容しか残らぬのでは宜《むべ》なるかなというものか』

　姫様と俺のやり取りを聞いていた神の子は楽しげに笑った。

「そうなのか……」

　俺は頷き、神の子のガイコツの方に向き直った。

「どうしたら復活できる？」

『我に火をつけるといい』

「火を？」

『我は火の中から復活する。何度でもな』

「……」

俺は少し考えた。

これは、大勝負だ。

おそらく神の子のガイコツは国宝とか、そういうレベルの代物だ。

それに火をつけて、万が一ダメだった場合、死罪は確実だろう。

だけど、それ以上に。

俺は、ドラゴンたちのまっすぐな性格を信じていた。

「姫様」

「何でしょう」

「今から神の子を復活させる。驚かないで見ていてくれ」

「はい、わかりました！　シリル様に全てお任せします」

姫様は俺に全幅の信頼を寄せてくれた。

それが嬉《うれ》しかった。

俺は懐《ふところ》から小さな筒を取り出した。

筒の中から、火種を取り出す。

旅をするのに、野宿のために火種は常に持っているものだ。

それを使って、神の子に火をつけた。

「シリル様⁉」

俺に全て任せると言った姫様だが、さすがに火をつけるとは思っていなかったようで、思いっきり驚いていた。

俺はそれを無視して、火をつけた。

最初は種火程度のものだったが、一気に燃え上がっていく。

どんな油よりも、ものすごい勢いだ。

10秒と経たずに、ドラゴンの巨体が炎に包まれた。

炎が天井を突き抜けて、遥《はる》か先にある雲をも突き抜けて。

まるで空を貫くかのような激しい炎が噴き上がっていた。

「シ、シリル様、これは一体……」

「そのまま」

念押しにそう言って姫様を止めてから、火だるまになった神の子を見つめた。

1分くらいだろうか。

燃え盛る炎の中から、一回り小さいドラゴンが現れた。

ドラゴンは、悠然とした足取りで現れて。

『ぐはははは、我、復活なり』

と、威厳があるのかないのか、そんな台詞を口にした。

俺は姫様の方に振り向いた。

「えっと、ちょっと小さくなってるけど、これが神の子……だと思う？」

姫様は、その場にへたり込んでいた。

青ざめて、ガクガク震えている。

「どうしたんだ？」

『ああ、それは我のせいだ。数百年ぶりの復活なのでな、力を抑えるのを忘れていた』

神の子がそう言った直後、姫様が「あっ」と声を漏らした。

「い、今のは……」

「どうやら復活したてで力を抑えるのを忘れていたらしい。意外とお茶目なやつだ」

『はははははは、我をお茶目と評した人間はお前が初めてだぞ』

神の子は前足を出して、俺の頭の上に乗せてポンポンした。

何を知らなくてもわかる、親愛の伴った行動だ。

「す、すごい……さすがシリル様……」

それを見た目通りに理解した姫様は感心していた。

19．正当に評価する神と姫

『さて――むぅ。人の子よ、お前の名前は何という』

神の子に聞かれて、俺は素直に答えた。

「シリル、シリル・ラローズだ」

『そうか』

「お前は？」

『我か？』

「ああ」

俺は小さく頷《うなず》いた。

名前っていうのは重要なもので、知ってるのと知らないのとじゃ会話するときにかなりの違いが出てくる。

『そのようなものはない』

「ないのか」

『ぐはははは、我は唯一なり。神の子フェニックスと言えば我のみを指す。故に固有名など不要』

「それは不便だな……こっちでつけていいか？」

『つける？　名前をか？』

「ああ」

『我の？』

「そういうことだけど？」

『……』

神の子はしばし、俺をじっと見つめた。

黙ったまま見つめられて、一体どうしたのか、と不安になった。

やがて、神の子は天を仰いで、笑い出した。

『ぐふふふ、ぐはーはっはははは』

ただ笑っているだけなんだろうけど、それで神殿が――いや山ごと揺れ出していた。

遠くからドドドドドド――と轟音《ごうおん》が聞こえてくる。

「きゃっ！」

「な、なんだ今の音は」

『おっと、すまんな。ちょっと大声を出しすぎて山崩れを起こしてしまったわ』

「大声出してって……」

それだけで山崩れを起こしてしまうのか？

「し、シリル様？」

「大丈夫、心配することはない。こいつのバカ声で山崩れが起こっただけらしい」

「そ、そうなのですか。さすが神の子……」

唖然《あぜん》と納得、その間くらいの感情を見せた姫様。

「殿下！　──は？」

「ここ危険です──え？」

大声と、山崩れのせいで神殿の中に飛び込んできた番兵たち。

彼らは神の子を見て固まった。

『おい、我を放っておくな。名前をつけてくれるのであろう』

「ああ、悪い悪い」

俺は振り向き、神の子をポンポン叩《たた》いた。

なんというか……神の子なのは知ってるんだが、気安いんだよなこいつ。

それもこれも、言葉が通じるからだ。

言葉が通じるから、こいつが実は結構愉快な性格だということがわかって、まったくかしこまる気にも恐れる気にもなれなかった。

「そうだな……名前か」

俺はあごを摘まんで、考えた。

「その前に……お前、男なのか？　女なのか？」

『性別か？　我にそのようなものはないぞ』

「ないのか？」

『うむ、我は唯一にして不死なる存在。凡百どもと違い繁殖の必要もない。故に性別もない』

「ああ、なるほど」

それを踏まえて、更に少し考えた後。

「クリス、で、どうだ？」

『ぐはーはっははは、良かろう！　今からクリスと名乗ってやろう』

「いや、いちいち大笑いする必要ないだろ。また山が崩れるぞ」

俺はペシペシ、と神の子改めクリスを叩いた。

『うむ、それは失敬』

結構物わかりがいい性格らしくて、クリスはあっさりと受け入れてくれた。

「あの……シリル、様？」

呼ばれて、振り向く。

驚き、怯《おび》えていた姫様がこっちを見ていた。

「今のお話は……」

「ああ、こいつに名前をつけてた」

「な、名前を⁉」

「ああ」

俺ははっきりと頷いた。

「名前がないと色々不便だからな」

姫様は愕然《がくぜん》としていた。

まずいな、彼女はクリスを「神の子」と崇《あが》めてたし。

勝手に名前をつけたら、さすがに「無礼者！」ってキレられるか？

などと、不安がっていると。

『ぐははは、案ずるな。我が認めている。人間に文句は言わせんわ』

クリスはまたまた豪快に笑った。

「そうか、それならいいんだ」

俺は安心した。

確かにクリス本人が認めてるなら周りがいくら反対しても問題はないな。

『さて……シリルよ。お前の空きはまだあるか？』

「空き？」

『そうだ。せっかくだ、我と契約を結ばせてやろうではないか』

「契約？」

それは……なんの話だ。

『むぅ？　知らぬのか？』

「知らない、なんの話だ？」

『お前は竜の騎士ではないのか』

「そうだけど……」

俺は小首をかしげて、姫様に水を向けた。

「姫様、ドラゴンと人間の契約って、何のことかわかるか？」

「え？　い、いいえ。寡聞にして……」

「そうか。ルイーズ、コレット、エマ。お前たちは」

『ううん』

『聞いたことない』

『私も初めてです』

姫様も、三人のドラゴンも。

全員が、初耳だと言った。

『なんと。たったの数百年で、人間と我らの盟約が風化したというのか』

クリスは初めて「大笑い」以外の感情を見せた。

若干呆《あき》れたような、そんな顔と声のトーンだ。

「どういうものなんだ、その契約というのは」

『論ずるよりもなんとやら、だ。血を一滴くれ』

「ああ、こうか？」

俺は指の腹を軽く裂《さ》いて、血を一滴搾り出した。

ぽたり、と滴《したた》り落ちる血が、空中で止まった。

空中で静止した不思議な状態の鮮血の雫《しずく》は、ふわふわと浮かび上がって、クリスの目の前に移動していく。

「それをどうするんだ?」

『見ているがよい』

クリスはそう言って、自分も同じように、皮膚を少し裂いて、血を一滴搾り出した。

それは俺の血と同じように浮かび上がる。

クリスの血と、俺の血。

二人の血が空中で混ざり合った。

その直下の地面に、魔法陣が広がった。

魔法陣に血が吸い込まれていき、それが光になって、その光は俺の体に吸い込まれた。

「これは……」

俺は自分の手を、自分の体を見つめた。

俺の体に光が吸い込まれた後、全身がほわぁ、と光った。

『ぐはーはっははは。これで我とお前の契約が成立した』

「契約が成立すると、何がどうなるんだ?」

『契約した竜に由来する力の一部が使えるようになるのだ』

「ドラゴンの力を?」

『そうだ。我の場合は、炎を完全に支配することができるようになる』

「炎を支配？」

『自分に火をつけてみよ』

「……わかった」

自分に火をつけるのはちょっと怖いが、クリスが言うのだから大丈夫だろうと思った。

俺は、今でも神殿の中央でくすぶっている炎に近づいた。

「シリル様⁉」

驚く姫様の方に顔だけ振り向いて、微笑《ほほえ》みかける。

「大丈夫だ」

そう言って、炎の中に入った。

その瞬間の出来事だった。

俺の体は炎に包まれながら、黄金色の輝きを放っていた。

まるで夜空の星が煌《きら》めくかのように、黄金色に明滅を繰り返した。

見た目も驚きだが、それ以上に体感に驚いた。

「熱くない」

入った瞬間に違いがわかった。

普通の人間は炎の中に一秒たりともいられないものだ。

多少「我慢」はできても、それは「我慢」だ。

だけどそんな感覚がまったくない。

炎は俺を包んで、燃え上がっているが、熱くも痛くもなんともない。

「これが……炎を支配するってことか」

『ぐはははは、まあ、我だけのユニークスキルというものだ』

「そうか。ありがとうなクリス」

『よいよい。名前をくれたお返しだ』

俺とクリスはまるで古くからの親友のように、向き合って笑うのだった。

それを見た姫様は。

「次々と……本当にすごい人……」

と、俺の視界のちょっと外で、感心していて。

「……決めましたわ」

そして、何かを決意した。

「シリル様‼」

「おっと失礼」

俺は反射的に謝った。

さっきからずっと、クリスと色々なことをしていて、その驚きが大きくて、ついつい姫様を放置していた。

声をかけられるとそのことに気づいて、さすがに無礼だったと反省する。

「シリル様、お願いがございます」

「お願い？」

また？　という言葉が喉元まで出かかった。

そもそも、クリスの復活も、元はと言えば姫様からの「お願い」だ。

「はい」

「俺にできることなら」

「私に、シリル様のギルドに出資させてください」

「出資……パトロンになってくれるってことか？」

「はい！　どうか！」

姫様は俺に「懇願」した。

貴族や大商人がギルドのスポンサー・パトロンになることは結構ある。

金を出す側は、そうやって都合のいい戦力を確保する。

そしてギルド側は、パトロンの地位がそのままギルドの名声やステータスに繋《つな》がる。

そういう意味では、姫様はこの上ない最高のパトロンだ。

「いいのか。そんな……金だけ出すみたいな」

何となく姫様が「推し」を見るような目をしている。

だが、見返りを求めてこないのはちょっと不思議だ。

握手してくれ——って言われた方がまだ納得できる。

「本当はシリル様のお仲間に入れてほしいですけど……」

「うん？　今なんて？」

「いいえ！　なんでもありません！」

姫様はぶんぶん首を振った後、改めて——と気を取り直して俺を見つめた。

「どうか！」

さっきと同じ言葉を繰り返して、俺に「懇願」してくる。

本当にもう……なんでそんなに必死なんだろうか。

俺は姫様をじっと見つめた。

姫様も頬を朱に染めて、必死に見つめてくる。

まるで恋する乙女のような形相だった。

恋する乙女——というのはあり得ないだろうが、なにか本気なのが——ものすごく本気なのが伝わってくる。

だったらもう、断る理由が一ミリもなかった。

俺は姫様に頭を下げて。

「ありがとう。こちらこそ、よろしく……お願いします」

「――っ！　はい！」

こうして、俺のギルド『ドラゴン・ファースト』は神の子クリスを迎えて、更に姫様を味方につけた。

わずか一人と四頭の小さなギルドが成し遂げた異例の偉業に業界は震撼《しんかん》し――。

『ドラゴン・ファースト』は、一躍注目の的になったのだった。

あとがき

人は小説を書く、小説が書くのは人。


皆様お久しぶり、あるいは初めまして。

台湾人ライトノベル作家の三木《みき》なずなでございます。

この度は『S級《エスきゅう》ギルドを追放《ついほう》されたけど、実《じつ》は俺《おれ》だけドラゴンの言葉《ことば》がわかるので、気付《きづ》いたときには竜騎士《りゅうきし》の頂点《ちょうてん》を極《きわ》めてました。』を手にとってくださり、ありがとうございます！


本作は、コンセプトがタイトル通りの作品となります。

ドラゴンを道具としか見ていない竜騎士ギルドから追放された主人公が、唯一自分だけが持っている能力でドラゴンたちと心を通わせ、絆《きずな》を深め、やがて独自のやり方で世界最高の竜騎士になっていく——という物語です。

タイトルで物語のスタートとシリーズのゴールはお見せしましたが、それがどうやって成されるのか、どのようにしてドラゴンを道具としか見ていない連中を見返していくのか、その過程を是非安心してお楽しみ頂ければ幸いです。

最後に謝辞です。

イラスト担当の白狼《ばいらん》様。主人公やヒロインたちを魅力的に描いてくださっただけでなく、ドラゴンの皆も描いてくださり、ありがとうございます。

担当O様、Y様。お声掛け頂きありがとうございます、ご一緒にお仕事ができて光栄です。

そして本作を手に取ってくださった読者の皆様方、その方々に届けてくださった書店の皆様。

本作に携わって頂いた多くの方々に厚く御礼申し上げます。

最後に「コミカライズ決定！」とご報告したところで、筆を置かせて頂きます。

二〇二一年七月某日　なずな　拝

富士見ファンタジア文庫

S級《エスきゅう》ギルドを追放《ついほう》されたけど、実《じつ》は俺《おれ》だけドラゴンの言葉《ことば》がわかるので、気付《きづ》いたときには竜騎士《りゅうきし》の頂点《ちょうてん》を極《きわ》めてました。

令和３年８月20日　初版発行

著者——三木《みき》なずな

発行者——青柳昌行

発　行——株式会社KADOKAWA
〒102-8177
東京都千代田区富士見2-13-3
0570-002-301（ナビダイヤル）

印刷所——株式会社暁印刷

製本所——本間製本株式会社

ISBN978-4-04-074215-1 C0193

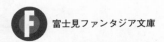

最強不敗の神剣使い
The Invincible Undefeated Divine Sword Master
リヒト
名門貴族・エスターク家の“忌み子”。周囲から無能と蔑まれ、家門を追放されるが……その身には、絶対無双の“天賦の才”が宿されている
アリアローゼ
ラトクルス王国の王女。正体を隠して旅していたところ、流浪の旅へと出立したリヒトと出会う。その胸には、とある崇高な志が秘められている
Ryosuke Hata
羽田遼亮
ill.えいひ
シリーズ好

この少年のすべてが
天上優夜《てんじょうゆうや》
異世界で
レベルアップした結果、
最強の身体能力を
手に入れた少年
シリーズ好評発売中！

チートすぎる

異世界でチート能力《スキル》を手にした俺は、現実世界をも無双する

～レベルアップは人生を変えた～

I got a cheat ability in a different world, and became extraordinary even in the real world.

著：美紅
イラスト：桑島黎音

幼い頃から酷い虐めを受けてきた少年が開いたのは『異世界への扉』だった！ 初めて異世界を訪れた者として、チート級の能力を手にした彼は、レベルアップを重ね……最強の身体能力を持った完全無欠な少年へと生まれ変わった！ 彼は、2つの世界を行き来できる扉を通して、現実世界にも旋風を巻き起こし——!? 異世界×現実世界。レベルアップした少年は2つの世界を無双する！

ファンタジア文庫

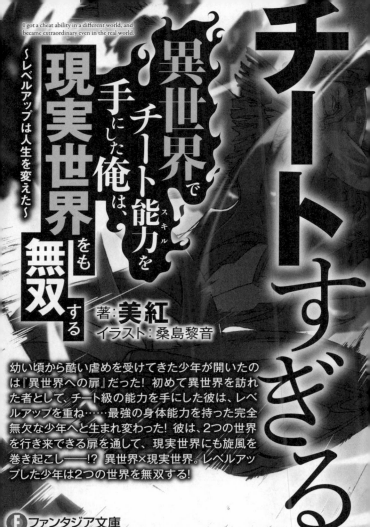

切り拓け！キミだけの王道
ファンタジア大賞
原稿募集中！
賞金
《大賞》300万円
《金賞》50万円
《銀賞》30万円
選考委員
細音啓「キミと僕の最後の戦場、あるいは世界が始まる聖戦」
橘公司「デート・ア・ライブ」
羊太郎「ロクでなし魔術講師と禁忌教典《アカシックレコード》」
ファンタジア文庫編集長
前期締切 8月末日
後期締切 2月末日
公式サイトはこちら！ https://www.fantasiataisho.com/